卑弥呼のいた三国

夏目日美子

今日の話題社

卑弥呼のいた三国

目次

Ⅳ

カバーイラスト　伊奈羽　翼

I

生と死

冷たい秋雨が、血を吐いたように咲く曼珠沙華《まんじゆしやげ》を叩く。

「ち、父上が、父上が！　よくも父上を……！」

兗《えん》州の曹操は、先程から肩をわなわなと震わせ、目からは溢れ落ちんばかりの血の涙を流している。

「お父上曹嵩《そうすう》様、徐州にて討たれり」の凶変を聞き、曹操は色を失った。時に初平四年（西暦一九三年）、曹操の父 曹嵩は、黄巾の乱後の相次ぐ戦乱を避けて山東半島の琅邪《ろうや》に隠居していたが、息子 曹操の招きで兗州に向う途中での不幸であった。

後漢は二世紀以来、宦官の専横により帝権はゆらぎ、地方では豪族が私利私欲の追求に狂奔し、ほとんど国家としての機能は麻痺しつつあった。土地を奪われた農民は流民と化し、やがて宗教に救いを求めるようになる。かれらが頼った宗教が、五斗米道《ごとべいどう》と太平道で、のちの道教の先駆的な系譜に位置づけられる。

五斗米道は四川省の張陵が創始した。五斗の米を納めれば誰でも信者になれたところから、そうよばれた。五斗の米も納められないほど困窮した者は労働奉仕でもよかったらしい。

ともかくかれらは義舎なるものを設け、信者が流民となった場合には無料で宿泊し食事をとることができた。五斗米道の基盤はこのような相互扶助と呪術的な病気治療であり、一時は現在の陝西省から四川省にかけて独立国のような状態にまで発展した。ちなみにこの教団は正一教として現在も台湾で存続している。

しかし、歴史的に大きな影響を与えたのはもうひとつの太平道のほうである。太平道の教祖張角は、曲陽の泉水のほとりで神仙から『太平要術』という神書を得て、霊符と神水による病気治療により、またたく間に数十万の信徒を得て、みずからを天公将軍、二人の弟を人公将軍、地公将軍と称し、流民を組織し軍事反乱を起こした。時に西暦一八四年、これを黄巾の乱という。教祖張角が頭に黄色い巾、今でいうバンダナを巻いていたので、信者たちもこれにならい、みんな黄色の布を頭に巻いて目印にしたのである。

反乱軍のスローガンは、

蒼天已死　（蒼天《そうてん》すでに死す）

黄天当立　（黄天《こうてん》まさに立つべし）
歳甲子在　（歳は甲子に在り）
天下大吉　（天下大吉ならん）

の十六文字で、つまり漢王朝を「蒼」とし、自分たち「黄」による革命戦争を宣言したのである。

反乱軍は、困窮にあえぐ農民の支持で後漢王朝を脅かすが、張角が死ぬと急に勢いが衰え、わずか一年たらずで平定された。だが、その残党は二十年にわたって各地で抵抗を続け、中国全土はほとんど無政府状態になる。そして、この乱が魏、呉、蜀のいわゆる三国時代の幕開けになったのである。

黄巾軍を討伐するため、朝廷は広く武人を募集した。三国志の群雄となる曹操、孫堅《そんけん》はこれに応じ、歴史の檜舞台へと押し上げられることになる。

曹操は騎兵部隊の隊長として首都洛陽の東南にある潁川《えいせん》で黄巾軍と戦い、済南国の相に任ぜられる。ここで曹操は在地有力者をバックにした官僚を八割も馘首《かくしゅ》する一方で、有能な人材を登用し、力を蓄えたのである。

初平三年（一九二年）、曹操は済北国の相 鮑信《ほうしん》に頼まれて青州の黄巾軍と戦う。いきなりの遭遇戦で鮑信は戦死するが、曹操は陣容を立て直し、辛くも勝利を収めた。このとき曹操は敵をうまく降伏に追い込み、兵士三十数万と人民百万を受け入れた。曹操は信仰の自由を容認し、家族の生活を保障したうえで、その中から精鋭を選び、自軍に編入する。かれらは青州兵とよばれ、以後、曹操軍団の中心兵力となるのである。

父 曹嵩の悲報が届いたのはその翌年のことである。この事件の真相には諸説ある。曹操は、泰山の華県に隠居生活を送っていた父を自分のもとに送り届けるよう泰山の太守に命じたが、その軍が華県に着く前に徐州長官の陶謙《とうけん》が密かに数千騎を派遣し殺害したというのが一説。

ところが、もう一説では、曹操が百台あまりの荷車を用意して父を迎えにやらせところ、陶謙は曹嵩の荷物がたいへんな量だったので、好意で部下の張凱《ちょうかい》を護衛につけたが、この張凱がその膨大な財物に目がくらんで曹一族を皆殺しにし、その財宝を強奪、逃亡したという。

真相は不明である。もし後者だとすると陶謙も徐州の民もとんだとばっちりを受けたことになるが、父を殺された曹操は逆上した。

ただちに、

「報讐雪恨《ほうしゅうせっこん》」

と大書した旗を掲げ、陶謙討伐の軍を起こし、徐州に攻め込んだ。その中心となったのが青州兵である。彼らはまたたくまに十余城を落とし、彭城に拠った陶謙軍を猛攻した。この侵攻作戦の際、曹操軍は非戦闘員の男女数万を虐殺し、泗水《しすい》に投げ込んだため、川の流れは血に染まり、死体でせき止められたという。悪名高い徐州大虐殺事件である。それほど曹操の怒りは凄まじかったともいえる。

ともあれ父と一族の恨みを雪《そそ》いだ曹操は、兵糧調達のためいったん引き上げることになるが、その帰路の山中のことである。奇怪な一群と遭遇した。姿、形からして方士の一団と見受けられる。

側近の者が曹操に囁いた。

「黄巾の乱の残党です。わが軍に屈伏しなかった道士たちは、一部は東方海上の国へ渡ったと聞きますが、この地に残り、幻術を売り物にして生き延びておる者もおるのです。恐るべき術を駆使いたしますゆえ、あまり相手になさらぬがよかろうかと」

「そうか。まだ残党がおったのか。それほど恐るべき幻術が使えるのなら、わが軍にひき入れ、その力とやらをぜひとも利用したいものじゃ」

早速、側近に命じ方士一群の代表を呼ぶよう命令した。

すると、何とも異形の男が引きずられるようにしてやってきた。

八卦の文字を書いた黄色の幟を手に持ち、口には赤や白や青色の神の護符を噛んでいる。

しきりに印を結びながら呪文を唱えており、長い髪はぼさぼさで、目だけが鋭く光り、さながら夜叉のように見えた。かなり年なのであろう、白髪は泥にまみれ、まるでどくろに紙を貼ったような痩せた男が曹操の前に進み出た。

「おもしろそうな奴じゃ。この不気味さ、使えそうだ」

曹操は、男を一目見るなりそう感じた。

男の名は張玉といい、やはり太平道の大幹部の一人であった。彼の妖術はまさしく魔界を思わせるものがあり、今は「魔軍の張玉」と言われ人々に恐れられていた。当時の人々は、方士たちの術を時に鬼道と呼んだ。何があらわれるか、何を呪うのかもわからぬから恐ろしいのである。薬草の知識、医学の知識も持ち、怪しげな術まで使いこなすとなれば、朝廷がその討伐に躍起になったのも無理はない。

しかし、曹操ほどのスケールの男となると、

「妖術使いが天下を取ったためしはあるまい」

とまったく恐れる様子もない。男に向って声をかけた。

「その方の魔軍の力とやらをぜひ我が軍で発揮してみぬか。手柄を立てれば、報償は何なりと授けよう。何か望みはあるか?」

長い流浪の生活に疲れ果てていた張玉は、素直にその言葉に感激した。呪術を恐れぬ曹

操の大胆さも気に入った。すでに曹操に降《くだ》った黄巾軍の元兵士たちは、いまや曹操軍の中核でもある。

「貴軍に力をお預けいたそう。手柄を立てた後は船を用立ててくだされ。金銀は要らぬ。われら方士は、先に東方海上の仙人の棲む島へ渡った者たちの後を追いたいのです」

「よし、わかった約束するぞ。ところで、おまえたちがいうその東方の島とは、かの秦の始皇帝が不老不死の薬を求め、徐福とか申す者を遣わした島じゃな」

曹操は、身を乗り出して張玉に聞いた。

「はい、はるか東海の蓬莱《ほうらい》の島でございます。島の中央にはそれはそれは美しい煙を吐く山がそびえ、気候は温暖、人々は礼節をわきまえ、神々の息吹に満ちた神仙の秘区にございます。いまはその国の名は……倭国と申します」

張玉はつつしんで答えた。

曹操の目が、子供のように輝いた。

「倭国か……。我も一度行ってみたいものじゃ」

曹操には冷徹でドライな一面と同時に、そういう好奇心豊かで無邪気なロマンティストのようなところがあった。だからこそ父の暗殺に激昂して徐州大虐殺のようなこともしでかしたともいえるが、中国文学史上では詩人としても評価されている。

最近では曹操自身が神仙思想に憧れる隠れ道士だったという説まである。それは青州兵集団と曹操の関わりがあまりにも謎に満ちているからである。なにか深い黙契があったのか、建安二十五年（二二〇年）、魏王　曹操崩御の知らせを受けると、青州兵は白い喪服をまとい、隊列を組んで去って行ったのである。

ちなみに、曹操が行ってみたいと呟いた倭国からの使者が魏国の宮廷にやってきたのは、すでに彼がこの世を去って十二年後の景初三年のことであった。

葦の小舟

その頃、倭国つまり今の日本はまだまだ中国とは比較にならぬほどのんびりとしておりました。まだたくさんの神様たちが降りていらした時代だったのです。

碧い静かな海と、どこまでも続く長い白浜にひときわ長くて大きな岬がありました。

ここは、丹後国与謝の郡の「天ノ橋立」です。夏の日の夕方、潮風が心地よく吹く中、この地の美しさに満足しながら散歩をしておられた二人の神様がお通りになりました。

ふと見ると、岩影に小さな舟のような形の物が浮かんでおりました。今にも波間にさらわれそうです。

お二人は何であろうと思われました。

潮が満ちていたらその舟は完全に海の中に消えていたでしょう。

お二人の神様は、天児屋命《あめのこやねのみこと》様と思金神《おもいかねのかみ》様とおっしゃいます。天児屋命様は、しっかりと小さな舟を両手で拾い上げました。

それは葦の草を編み込んで作った小さな葦舟でした。中には白い麻布で何かがすっぽりと包みこまれております。

天児屋命様が、恐る恐る布を取ってみると、何と中には小さな赤児がいるではありませんか。

「死んでいるのでしょうか」と天児屋命様は思金神様に聞きました。

「おお、これは蛭子《ひるこ》です。おそらくこの子は、月満ちて生まれる前の早産の子に違いない。とても育つまいと思って、こうして葦舟に入れて流すつもりでいたのでしょう。夏だから何とか生きておるが、冬場の日本海ならとうに命はなかったでしょう。運の良い子じゃ」

「思金神様、ところで蛭子とはなんでしょう。知恵の神ならご存じでしょう」

と尋ねられました。

「蛭子とは、イザナギノ命とイザナミノ命様が国生みの時に最初に生まれた骨のない子のことですよ。お二人は相談の上、葦舟に入れて他界へ流し去ったのが蛭子神のいわれなのです。今でも早産、未熟児のため育ちそうもない赤子は、あきらめてこのように海や川に流すようです。しかし、それにしても幸いこの子は生きております。女陰《ほと》があるから女の子です。それに、よく御覧下さい。色は抜けるように白くて髪もカラスの濡れ羽色です。この目鼻立ちのよさはどうでしょう。なんと気品のある顔立ちではありませんか。育てば、きっと美しい子になると思いますよ」

そう言われて天児屋命さまはその赤子の顔を見つめておりました。

「さて、この子はどうすれば良いのでしょう。どこぞで育ててくれればありがたいが」

「この向こうの丘の上に村長《むらおさ》の家があります。高床の倉には米や粟、稗、干魚、塩、山菜、木の実等食料は山と積まれ、なかなか豊かな暮らしぶり。ところが二年程前、息子がミズキという者と夫婦《めおと》になりましたが、いまだ子が授かりませぬ。喰うに困らず、なおかつ子を欲しがっているこの若い夫婦者の家の前に、この葦舟を置いてみましょう。あとはこの子に人間界で生き残れる運があれば無事育つでしょう。さあ、急ぎませんとこの子の命はもちませんぞ」

二人はふわふわと丘の上まで駆け上がり、大事そうに抱えてきた葦舟を村長の若夫婦の家の前に置きました。

※　　※

家の中では、甑《こしき》から米を蒸す湯気が立ち昇り、土器には採れたての貝や小魚、山菜が盛られている。

「あなた、さっきから赤ん坊の泣き声のような弱々しい声がするのですが、気のせいかしら」ミズキは夫のハヤトに話しかけた。

「そう言われれば変な声がするな、ちょっと見に行ってくらあ」

村長《むらおさ》の長男ハヤトは、海の仕事で鍛え抜かれた赤銅色の、骨太で筋骨もたくましく、眉太のきりっとした丈夫だった。仲の良い夫婦二人にとって一番淋しいのは、やはり子がいなかったことである。

「おーい、ミズキ、早う来い、こりゃてえへんだ、神様がオラたちに授けて下さったぞお。宝じゃ、宝じゃ、子宝を」

ミズキが駆け寄ってくると、弱々しい声で泣いている小さな小さな赤ん坊が葦の小舟の中にいた。

二人は大事そうに葦の小舟を抱きかかえ部屋に入っていった。

遠くからじっと家の様子を見ていた二人の神様は顔を合わせると、

「どうやらうまく行きそうですな」と言い、その地を去っていかれた。

※　　※

この頃、日本国のことは倭国と言われ、倭国とは禾（稲作）をする女（部族）、つまり稲作をする部族と言う意味の国名である。

倭国の人のことを倭人といったが、昔から中国大陸や朝鮮半島などからの渡来人の多い国でもあった。

豊《とよ》の国（九州）の北部、国東半島には、紀元前七世紀頃、すでにソロモンのタルシン船団で採鉱治金（鉄）集団が渡来していたと言う。

また、紀元前四七三年の呉国滅亡、そして紀元前三三四年その呉を滅ぼした越の滅亡等は、多くの亡民や流民を生み、彼等の中には帆船に乗って対馬暖流にのり、北九州から山陰、日本海沿岸へと漂流した者もいた。稲作の技術は彼らによってもたらされた。

ちなみに中国の古い文献『魏略』の中に、倭人について、

「倭人、その旧辞（古い由来）を聞くに、自らを（呉の）太伯の裔という」

とあり、倭人が呉の建国者太白の後裔と自称していたことが記されている。

また、『後漢書』倭の条に、

「伝えて云う、秦の始皇帝、徐福（徐市彦福）を遣わし、童男、童女数千人と海に船出した。蓬莱《ほうらい》に神仙を求めたが得られず。徐福は誅を恐れて帰らず、ついにこの島に留まった。世々相承相承けて数万戸になった」

とある。

紀元前一世紀（一〇八年）、漢の武帝により朝鮮半島北部に楽浪郡《らくろうぐん》が設置される。匈奴と

手を結んでいた衛氏朝鮮は滅亡し、その遺民たちが続々と海を渡り日本海沿岸にやってきた。かれらは列島の先住民と融和し、半島の先進的な文化や技術をもたらした。

このような大陸や半島からの人間の流入はその後も間断なく続き、日本列島の人口も増加の一途をたどった。

ヒミコが生まれたのは、いまでいう弥生時代の終わり頃である。この頃は、米作りの定着もあって人口が飛躍的に増加した時期でもあった。

人口の増加に伴い、農耕地の開拓が進み、各部族の間にはそれが原因で争いが起こるようになった。また高度な潅漑や治水工事も必要となり日本列島の各地域には、連合的な形態をとる若い国々が形成されるようになった。かれらはその時々の利害にもとづき、互いに同盟したかと思えば、敵対し、土地、治水、そして食料の獲得のために、はげしく争い、世は大いに乱れるに至った。

そもそも縄文時代の日本列島には戦《いくさ》などなかった。戦をしなければならぬほどの人口もなく、豊かな自然の恵みに守られ、人々は平和に暮らしていた。かれらは、渡来人を何の疑いもなしに歓迎した。大方の渡来人は先住民と融和していったが、まったく軋轢《あつれき》がなかったわけではない。渡来人のなかにも乱暴者はいた。しかし、かれらは弓矢という武器で射られても、ああ体にくい込むほどのお土産を持ってきた人よと喜んで死んだくらいで、それほど純粋無垢だったのである。

そんな縄文時代の人間たちにとっては信じられないほど、戦争と殺戮の多い時代になっていた。

倭国の弥生時代は、中国そして朝鮮半島の国々の興亡とともに互いに影響しあっていた。朝鮮とは、朝の鮮やかである所、つまり夜明けの一番早い所という意味である。その領域は現在の韓半島のみならず、中国大陸の東側にある遼河以東の広大な領域をふくんでいた。

朝鮮族には建国についての神話がある。「檀君神話《だんくんしんわ》」という。

新羅僧一然が記した『三国遺事』によると、昔、「桓困（カムイ、神）」が、息子の恒雄に天下を治めさせようとして下界に下らせた。桓困の傍には、熊と虎がいた。一つの同じ穴の中にいた虎と熊は人間になろうとして、祈り物忌みをした。三七《さんしち》日目に、熊の方は祈りに成功して、女性に変身できたが、虎は人間にはなれなかった。人間の女性になれた熊の方は、桓困の息子恒雄の妻となり、檀君王検という王子を生んだ。平壌に都し、初めて朝鮮と号した。この檀君王検が朝鮮の始祖であり、箕氏《きし》、衛氏《えいし》と古代朝鮮は続いた。

しかし、紀元前一〇八年、前漢の設置した楽浪郡が半島に進出し、衛氏朝鮮が滅ぶと、馬韓《ばかん》、辰韓《しんかん》、弁韓《べんかん》のいわゆる三韓時代となった。三韓は、楽浪郡に朝貢し、農耕を営み、倭国と同様、多数の小国に分かれていた。朝鮮半島の北部では、遼東半島の豪族公孫康が、楽浪郡の南に帯方群《たいほうぐん》を設置し（二〇四年）いわゆる公孫氏朝鮮国が成立した。この公孫氏朝鮮国の北部には、高句麗があった。高句麗は、紀元前一世紀に鴨緑江流域に興り、丸都城（現在の中国吉林省集安のあたり）中心に国を築いていた。

※　※

「葦の小舟」に入れられていた子は、「ヒミコ」と名づけられ、恵まれた幼少期を日本海沿岸丹後、天ノ橋立に近い村ですごし、やがて利発で美しい乙女に成長した。

「天ノ橋立」にはこういう伝承がある。イザナギノ命とイザナミノ命は天神七代の最後の神であり、地神の最初の神アマテラス大神をお生みになった時、この子が親元の天界へと通えるようにと梯子《はしご》をお造りになりそれを立てかけた。

ところがある日、イザナミノ命が寝ている間に、その梯子が倒れてしまった。それ以来、人間は天に通うことができなくなり、倒れた岬の突出部は、「天の橋立」と呼ばれるようになったというのである。この伝説は、古代の丹後地方に神々と人間が交流する何かがあったことを匂わせる。

村長の家で、ヒミコは十三歳になった。ヒミコが七歳の時、両親は男子を生み、空《そら》彦と名づけられた。ヒミコは血を分けた子供ではなかったが、もちろん村長も両親は分け隔てなく接した。ただ、心の奥底ではヒミコをもてあまし、薄気味悪く思うところがなかったわけではない。それはヒミコがあまりに利発なうえに、子供の頃から時々口にする予言が実に見事に当たってしまうからでもあった。

ヒミコは、麻の栽培と機織りを業《なりわい》とする通称麻婆《まあ》様の所へ機織りを習いに通っていた。麻婆様の家は、麻畑のはずれにあった。

秋の取り入れが終わると、どこの家も冬の準備が始まる。食料の保存と衣類の調達も大事な冬の準備である。丹後地方は、海の幸、山の幸に恵まれ自然の災害の少ない所で、平和な村々が集合していた。

「おーい、ヒミコ、終わったら蟹取りにいこうぜ」

麻畑の向こうから大きな声で呼んでいるのは、麻婆様の孫の難弁米《なしめ》だった。この村のガキ大将である。難弁米を頭に、十人位がぞろぞろといつも徒党を組んで遊んでいる。

「へっ、へっ、へっ、なにを偉そうに蟹を採りに行こうってかい。まあ、兄貴がヒミコに遊んでもらえるのもいまのうちだわさ」

グループ一の情報通カブラが難弁米をからかうように言った。

「おい、なんだと、奥歯にもののはさまったような言い方しやがって」難弁米はカブラの胸ぐらを掴んだ。

「兄貴はなんにも知らねえんだな。ヒミコのおじじ様は、そろそろヒミコを王の元へ巫女として仕えるために出すらしいぜ。馬鹿馬鹿しくていつまでも兄貴となんか遊んでられるかよ」

難弁米ははっとして、カブラを睨みつけた。巫女か……たしかに思いあたることは多かった。今日は浜に行っても蟹は採れないとか、由良川の河の水が氾濫するとか、村の誰それがもうダメとか、ヒミコが言うことはすべて実際その通りになった。

「ときどき各村の長老たちが王の所に集まって、大事なことをお互いに決めあっていることは、兄貴だって知っているだろう。王も出席していたその集まりの席で、ヒミコのじっ様は自分の孫に予知能力みたいなものがあるって言ったらしい。そしたら王が、孫はいくつになるって聞いてきた。はい、今年で十三歳になりますって正直に答えた。すると王はじっ様に、それほどの能力があるならばただちに王の館に連れてまいれ、そして巫女の修行をさせよう。このまま平凡な村の生活をさせておくのはもったいないとの仰せだったそうだ。だから、ヒミコは遅かれ早かれ王の館に出仕する身分というわけさ。兄貴、わかったかい。もうこれからは、ヒミコ様と呼んだ方がいいんじゃねえか」

カブラはいささか皮肉ぽく言った。

これから冬にかけて日本海は荒れる。雪も降る。厳しい寒さとの闘いの日々がやってくる。難弁米は、ヒミコと同い歳であったが、あらためてこれまでのことを振り返った。

「そう言えばそうだなあ。ヒミコの予言はまるで神がかりみたいな所があるものなあ。しかし宮廷の巫女様になるとはな。そうだオイラ婆様に頼んでヒミコに上等の真白い麻の服を作ってもらおう」

「流石は兄貴、面倒見がいいなあ、オラ、てっきりヒミコは兄貴と夫婦になると思っていた」

「コラッ、カブラ、オイラをからかうな、身分も違うし、村長の娘だ、ヒミコには滅多なこと言うんじゃないぞ。ヒミコが巫女になることも極秘だぞ。わかったな」

「はいはい、難弁米様」

カブラは、人なつっこい笑顔で日焼けした顔から真っ白い歯をのぞかせていた。

武帝の裔

空の模様は、やがて来る冬の寒さを告げるような鉛色をしていた。

その日もヒミコは麻婆様を訪ねたが、出てきたのは難弁米の母・糸路《いとじ》であった。

婆様も糸路も性格が温厚で、優れた養蚕と機織りの技術を持っていたため、この村ではなくてはならぬ存在である。

糸路がすまなそうに言った。

「季節の変わり目でね、婆様は体の具合が良くないのですよ。せっかく来て下さったのにね。ですから今日は機織りは私がお手伝いいたしましょう」

物腰はやわらかだが、目鼻立ちの整った上品な女性だった。

「ヒミコ様、さっき息子の難弁米に頼まれましたよ。そろそろ宮廷に上がるようだから、お祝いにお召し物を作ってくれって。やっぱり普通の人じゃないと思っておりましたよ。難弁米は淋しがるかもしれませんがね」

「もうこちらにまで噂が……。おじい様は、お前は予言めいたことばかり口走るうえに、気性は激しいし、男勝りだからそういう人間は神に仕えて巫女にでもなるしか道はないと言うのですが、そんな大それたこと……」

「ヒミコ様ならしっかりしているから大丈夫ですよ。それに比べたら難弁米はまだ子供でなんの自覚もありません、遊んでばかりいないで囲炉裏の薪でも取っていらっしゃいとさっきも注意したばかりですよ」

と糸路はやさしい笑みを絶やさない。

七日ほど過ぎてヒミコは、再び麻婆様の所へ出かけた。宮廷に上がるための衣装ができる頃だ聞いていたこともあるが、どうも朝から婆様が自分を呼んでいるような気がしたからである。

訪ねてみると、麻婆様の具合はかなり悪そうで、糸路が粥《かゆ》を口に運んでいたがほとんど食べていなかった。奥の方で、ただ毛皮をかけて休んでいる。難弁米が一人、外で薪割りをしては囲炉裏に運び、婆様の暖をとっていた。ヒミコも見かねて薪運びを手伝っていると、婆様はしゃがれた声でヒミコを呼んだ。

「ヒミコ様、まだ年端もいかぬ貴女にこのような大事な話をしていいものかどうか迷いました。でもこの婆は、もう時がありませぬ。糸路、緒珠《おだま》を持ってらっしゃい」

糸路は大事そうに一つの古い箱を持ってきた。

「ヒミコ様、これが緒珠《おだま》と申すものです。剣《つるぎ》につけるもので、黄金の剣に琅玕《ろうかん》の緒珠をつけて貴人の腰へ差すのでございます。剣の方は、私の息子が持っており、琅玕の緒珠は娘の糸路に持たせてまいりました」

婆様と糸路が大陸からの漂着者であることは、ヒミコも知っている。それにしても、なぜ、こんな見たこともないような美しい装飾品を持っているのだろう。倭国では王だってこのようなものを持っているとは思えなかった。

「こんな事は、めったに口に出すことではありませぬが、われらは一時は中国を統一した前漢の武帝の血筋の者です。黄巾の乱により流民となり、海を渡って命からがらこの地に漂着してまいりましたが、その誇りだけは失っておりません。

家の前に大きな桑の木がありましょう。あの木のようにすくすくと伸びて欲しい。そう思って孫の難弁米を育ててきました。だからあの子には、中国の言葉や文字というものもよく教えてあります。

私はもう寿命だからわかります……。貴方は宮廷に上がり巫女になられるとか……。きっと聡明な貴方のことゆえ、この国とってなくてはならぬ重要なお方になられましょう。やがて、彼《か》の国に遣いを出したり、また彼の国からの使節が来る日もありましょう。そのような時には、難弁米がお役にたつこともあることを覚えておいて下され。いまはやんちゃ盛りですが、どうぞこの子をよろしくね……」

かたわらの糸路が、「お母様」と呼びながら婆様の手をしっかりと握りしめた。しかし、婆様はその手を握り返す力もなく、静かに眠るように他界へと旅立った。


ヒミコと糸路は、村長に麻の婆様が亡くなったことを報告した。急を聞いて村人たちがあちらこちらから集まってくる。

村長が命じた。

「墓を作るぞ、みな手を貸して下され。力のある者は棺を用意せよ。みな、婆様にはお世話になったのだから、早ういたせよ」

甕棺《かめかん》を作るのに三日かかった。村のはずれの共同墓地では、難弁米のグループの男の子たちも穴掘りを手伝った。やがて、掘られた穴に、素焼きの甕棺が横たえられ、麻婆様の体がすっぽりと入った。村の男たちは大きな石を綱で引いて運ぶ。村中が総出で支度をした。

最後の別れの時が来た。糸路と孫の難弁米は首飾りや玉を甕棺の中に入れた。そして、村人たちが今まで見たこともない美しい絹の衣がかけられた。金や銀の刺繍がほどこされた薄緑色の見事な衣である。まるで天女の羽衣のように美しかった。村人たちは一瞬驚きの声を挙げたが、厳粛な葬儀なので無用の質問をする者もなかった。

村人たちが見守る中、婆様の半身が隠れるよう、もう一つの甕棺が蓋をされた。その上から土がたっぷりとかけられ、村人が総出で引っぱって来た大石がその上にしっかりと置かれた。


丘の上にある共同墓地からは村全体が見渡せた。初冬の日本海はどこまでも続く。夕陽を背に、村人たちはお婆様を丁重に埋葬すると一人二人と去って行った。丘の上には、糸路親子とヒミコだけが残って婆様との別れを惜しんでいる。

「ヒミコ、オイラはもう悪さしても怒ってくれる婆様はいなくなってしまった。ヒミコも、宮廷に上っちまえばもう会えないだろうし……。これ、オイラが作った餞別だ。受け取ってくれ」

日頃のガキ大将らしくなく、照れているようである。

「わあ、きれい」

ヒミコはびっくりした。いつのまに集めて作ってくれたのだろう。美しいほのかな薄桃色の腕輪が一つヒミコの手の中にあった。

「最後までお手伝いしてくれて今日はありがとう」糸路が話しかけてきた。

「いいえ、お婆様にはほんとうに可愛がって頂きましたもの」

「母は中国では華陽という名でした。最期に母にかけた絹の衣は、前漢王室のたった一枚残された后衣です。母が亡くなる時に申しましたように、私たちの先祖は漢の皇帝でした。王莽《おうもう》と申す者によって最後の幼帝平帝は毒殺され、女官たちによって、まだ生まれて間もない平帝の弟は身分を偽って生きのびてきたのです」

中国の皇帝、あんなに綺麗な絹の着物、ヒミコは、はるか海の彼方の国へと思いをはせた。いつか行ってみたい……。ヒミコはもっと糸路の話を聞いてみたくなった。

「中国は、その後赤眉《せきび》の乱（一八～二七年）により劉秀《りゅうしゅう》が天下を取り、裏切者王莽《おうもう》は殺されました。まことに王室といえども権力争いは残酷です。いままた、彼の地は戦乱の巷です。この国でこうして麻を作り、布を織って孫と仲良く暮らせたことは、母にとって最後の幸せでした」

糸路は、美しい横顔を見せながらヒミコに語った。

こうしてヒミコは宮廷に上がり、世が世であれば前漢の中山靖王劉勝といわれる皇帝の玄孫《やしやご》は、日本海沿岸の浜辺でわんぱくなガキ大将としてますますたくましく育っていった。

II

倭宮廷

ヒミコが倭の宮廷に上がったのは、初雪のちらつく日であった。

「今年はもう雪か、寒いのう」と言いながら、村長は孫のヒミコを連れて宮廷に向かった。

宮廷は、文珠山の中腹に高く大きくそびえ建っていた。城柵には見張りの兵士、護衛の兵士が矛をもって立ち並び、大きな丸太をけずった建物は天井が高く、桧の太い柱が何本も立ち、しっかりと高床式の宮が建っていた。

宮廷からは、縦一文字に天ノ橋立が見え、日本海の雄大さと丹後山地の渓谷が、絶妙な景観を醸し出していた。その眺望はまさに雲の上の御殿からの美しさで、幼いヒミコは、今日からこのような素晴らしい所で暮らすのかと感激した。

この宮廷には、火明命《ほあかりのみこと》を始祖とする王の一族が住み、丹波一円の村々をほぼ支配していた。ここでいう丹波とはのちの丹後、若狭をふくむ、かなり広大な領域である。ちなみに丹後という地名は、ずっと下って和銅六年（七一三年）に丹波国から加佐、与佐、丹波、竹野、熊野の五郡を割き丹後の国が置かれてからである。

ちなみに京都府宮津に鎮座する丹波一の宮、籠神社の宮司家海部氏に伝来の『籠大明神縁起秘伝』によると、神々には丹波降臨系と九州降臨系の二つの系統がある。丹波は、太古の昔より中国、朝鮮半島、南方の島々、九州地方の人々がやってきて定住し、山陰の出雲、但馬の出石、山陽の吉備等と並び大きな力を持っていたのである。


祖父につきそわれて、ヒミコは年配の巫女らしき女性の部屋に案内された。

「お久しぶりでございます。かねてからお話しの孫のヒミコを連れてまいりました。向こう見ずで男勝りの性格な娘ゆえ、充分に仕込んでやってくださいませ」

と祖父は部屋の奥に坐っている女性に平伏した。

「もっとこちらにお入りなさい」

低いが威厳のある女性の声がした。

部屋の奥には、白い薄絹の幕が張りめぐらされている。巫女の最高責任者という老女の左右には、まだ年若い巫女が二人控え、老女の世話をしていた。

「ヒミコとやら、寒い中よくまいられましたな。妾《わらわ》と村長の田々部殿は幼馴染みですので、そんなに緊張なさらなくてもよい。明日からは巫女になるための修行に入るが、詳しいことはここにいる二人に何でもお聞きなされ。田々部殿も、ここまでの付き添いご苦労でございましたなあ。ヒミコ殿は、そなたの孫、妾も大切にお預かりしましょうぞ」

老巫女は笑って村長に答えた。二人は昔本当に親しい間柄だったようだ。

ヒミコが若い巫女たちに付き添われて退出すると、二人は昔話をはじめた。

「しばらく由良の浜に行っておりませぬが、あのあたりは昔のままですか」

「由良川は、舟運の拠点ですから、浜もますます活気づいて賑やかになっております。それより、そなたもよう長いこと巫女を務めあげたものよ。先代の王の時からですから本当に長いことお疲れさまでござる」

村長は老女を犒《ねぎら》った。

「妾は罰が当たったのよ。四十年前の由良の浜のことを覚えておいでかい。初夏じゃった。浜昼顔が一面に咲いていた。妾は十五、そなたは十七歳のあの日のことを……」

老巫女は、村長の目をみつめている。

「忘れるはずがなかろう。ワシはそなたを絶対妻にしようと決めていたのだから。それなのに、そなたは神の妻になる道を選びワシを棄てた……。

あの時、そなたはこう言っていた。ご覧、こんなに美しい海はない、自然はすべて神よ、その神に仕える仕事に就いてどこが悪い。三年経ったらきっと里帰りさせて頂き、その時は絶対に田々部の妻になる。絶対に田々部の妻になる。そう言ってくれたのに……そなたはとうとう帰ってはこなかった……。

いいか、良く聞け、ヒミコをそなたに預けたは、ひとつにワシのような馬鹿な男を作りたくなかったからだ。だからまだ子供じみているうちに宮廷に上がらせたのだ。あのとおり気性は男勝りだが、大変な美人じゃ。しかも、生まれつき不思議な能力をもち、頭も抜群に良いわ。そなたのように、その辺の村の男の妻では物足りなくなるにちがいないわ」

田々部は、はじめてきつい言葉を出した。

「そなた、妾をまだ恨んでおるのか？」

老巫女は、真顔になって聞いた。

「いやいや、これはつい口が過ぎたわい。それでじゃな、どうせ宮廷に上がるなら、そなたに頼みがあるのよ。いずれは、しかるべき王の妃にでもして欲しいのじゃ。さすれば田々部の家も正直助かるでな。まあ、これで昔のそなたとの恋の恨みも帳消しにしたいが……な」

「村長の家の栄えんがために孫を差し出したか。まだ年端も行かぬ娘を……」

「そなたに言われる筋ではなかろう。昔は昔、今は今じゃ。この倭国とて大小の国々が今日はあちら、明日はこちらで土地だの水だの食料などで揉め事ばかりではないか。人間、明日はわからぬ。ましてやワシのように長年村長の仕事をやっておれば、いつも揉め事の調停ばかりじゃ。そなたは御立派な身分となり、人間が生きていくのがどんなに大変か、宮廷の中におってははわかるまい。食う雑穀すらない時を知っているか。ヒミコは男だったら王にでもなれる器よ。だからそなたにこんな頼みにくいことを頼んでおるのじゃ。気を悪くせんでくれ」

老巫女は黙って震えた。

「田々部、宮廷の生活とてそなたが考えているほど甘いものではありません。しかし四十年前のことは、由良の浜の約束のことは妾が悪かった。そなたを傷つけた罪の償いとしてヒミコ殿はしっかりお預かりさせて頂きましょう。そのかわり、二度と妾の前に現れたり、ヒミコの所に来ないで下さい。巫女の修行の妨げになりまするのでな」

「いかにも、老巫女様の仰せに従いましょう、くれぐれもよろしくお願い申し上げます」

田々部は平伏した。しかしその顔は、いかにも闘争に耐えぬいてきたという野心にみなぎった顔である。

村長は宮廷から外に出た。冬風が冷たく、小雪のちらついている中を足取りも重く家に向かった。荒海と豪雪の厳しさは、村長にはおのれの人生そのもののような気がした。

巫女の修行

雪がやみ、氷のような月が出てる。

翌朝、ヒミコを待っていたかのように昨日の若い巫女たちがやってきた。

「ヒミコ様、これから女官長の所へ御挨拶に行きますから、こちらの衣裳にお着替え下さいませ」

そう言いながら、二人はヒミコのために衣装を運んできた。巫女の衣裳であった。

ヒミコは、白装束に身を固め緊張しながら女官長の部屋に向った。女官長は、真野刀自《まののとじ》と呼ばれていた。

白い領巾《ひれ》を肩にかけ、緑色の絹の裳裾姿の美しい中年の女性がゆったりと静かに坐っている。ヒミコが今まで見てきた村の人々から比べたら、彼女は天女のように美しく気高い。

真野刀自は、満面に笑みを浮かべ、ヒミコに話しかけた。

「ヒミコとやら、そんなに固くならなくてもよい。宮廷には宮廷のしきたりがありますが、そんなことはこちらで生活すればすぐに慣れましょう。この丹波国は天火明命様を始祖とし、いまの王で第八代、お二人の王子がおられます。そなたは巫女になる人だから、王家の謂《い》われについて詳しいことは、こちらに控えている巫女の麻女《あさめ》と玉穂からよく聞いておきなされ。巫女の頭《かしら》は、昨日そなたが祖父と挨拶に行った由良姫殿じゃ。由良姫殿の神占《かみうら》は、国の大事や戦《いくさ》の時は、たとえ王といえども絶対に従わねばならぬほどの権威を持つ。巫女とは一国の運命を左右する重大な職責なのです。このことだけはしっかり頭にいれて修行に励んでくだされ。とは申しても、当座は難しく考えず一つ一つ覚えなされ」

真野刀自との挨拶を済ませると、麻女はヒミコの手を取って古めかしい造りの神殿へと案内した。ヒミコは、生まれて初めて神殿という神秘の世界を見た。そして、けっして手に届くことのない神の世界にわが身が引きずり込まれていくような気がした。

正面の高い祭壇の左右には、大きな榊の木が飾られ、銅鏡が吊るされている。中央奥には、月のように大きくて立派な御神鏡が置かれている。

昨日会った老巫女由良姫は、その前で平伏していた。

長い沈黙が続いている。

神が降臨し、神の意を託宣することのできる巫女は、この宮廷にも二人しかいないという。老巫女由良姫と、若い巫女 麻女である。この二人は、霊妙な物実《ものざね》として、宮廷の中でもとりわけ破格の地位を与えられていた。

由良姫の沈黙がどの位続いたであろうか。やがて急に団扇太鼓《うちわだいこ》が鳴らされ、玉穂は、和琴を弾きだした。由良姫は、団扇太鼓を打ちながら憑かれたように踊り出した。腰の周りに吊るされた鈴のついた小さな銅鏡がキラキラ光りながらシャラシャラと音を立てて揺れ動く。

ヒミコは、それを見て唖然となった。

琴の音が一段と高くなり、由良姫は踊り続ける。やがて、神が憑かれたのか突然激しい口調になった。

「血の海が見えるぞ。戦《いくさ》じゃ。大戦《おおいくさ》があちこちの国におきようぞ、狗奴《くぬ》の者どもが攻めてくるぞ……」

そう言うと体全体を激しく震わせながら何やら祈り始めた。

巫女としてのヒミコの生活がはじまった。麻女の説明によれば、宮廷での礼儀作法、神殿の清掃、御神前の供物《くもつ》の準備、年中行事の儀式の手伝い、そして巫女としての神占、祈願の作法、琴や巫女舞の練習といったぐあいで、けっこう毎日が忙しいようだ。

呑気な浜辺での生活が懐かしい反面、巫女の世界は、小道具だけでもヒミコの好奇心をそそるのに充分だった。団扇太鼓、美しい淡い緑色の勾玉《まがたま》、真紅の襷《たすき》、何枚もの腰に吊る す鈴のついた小さな鏡、細長い竹の棒。ヒミコは、これらの小道具をどう使いこなすのだろうと不思議に思った。ヒミコの左手首には、難弁米からもらった美しい桜貝の腕輪が薄紅色に輝いていた。

麻女と玉穂は、ヒミコより三歳ほど年上であった。二人とも、由良姫にヒミコの指導を頼まれていた。

ヒミコが一番年少ではあったが、若い巫女の修行者は十五人ほどいた。巫女舞いには、ある程度の人数が必要だったからである。おおむね村長や豪族の娘たちで、将来は、神意を伝達する能力を持つ者に養成する目的で親元から預かっていたが、二、三年で見込みのない者は親元に帰された。そして才能のある者が、由良姫のように巫女として活躍し、また、神憑りした巫女の神意を聞きわける審神者《さにわ》の役をするために宮廷に残る者もいた。

この時代の政治は政《まつりごと》すなわち祭りごとであり、どこの国でも巫女は高い権威をもっていた。彼女たちは時には王以上に共同体の命運を担っていた。国の大事を決める時などは、由良姫と彼女の審神者の瑞之江《みずのえ》という二人の老巫女には、誰も近づけない。神憑りの場は、絶対神聖の場となるのである。

ある日、瑞之江がヒミコの耳許でそっとささやいた。

「そなたは、幼い時から予知能力がおありになったそうだね。私は、十五の時から巫女になってもう五十年もお仕えしてきたが、そなたの眼は今までのどの少女たちとも違う。これから倭の国々は大いに乱れ、多くの血が流れようが、そなたはそれにも負けぬ強い運をお持ちのようじゃ。妾は、名の如く丹後半島の淋しい漁村の出よ。出自が貧しかったため王の妃に選ばれることもなく、ずっと由良姫様にお仕えできた。そなたは村長の家の出じゃ。見目もいいし、出自も良い。じゃがそれだけに嫉妬もあろうが、どんな目にあってもそなたの強い運で乗り切りなされ。でも……残念じゃが男運はないのう。私と同じかのう。しょせん巫女は神の妻じゃからのう。人間の男の愛に恵まれることなどありっこないのかもしれぬ」

瑞之江は、まるで可愛くて仕方のない孫を見るように目を細めてヒミコを見つめた。

少年の夢

日本海の冬の浜辺は、寒さとともに狂乱の海と変わる。少年たちは、焚き火をしながら貝を焼いて食べているようだ。

ガキ大将が仲間に話しかけた。相変わらず難弁米は元気だ。

「オイ、お前たちはこの村でこのさき漁師になるか、水夫になるか、稲を作るかどうするのだ。まあここでのんびり暮らすのもいいが、どうせ一度の人生だ。だれか、オイラと一緒に豊《とよ》の国か、もっと先の朝鮮半島の狗耶韓《くやから》国へ行ってみねえか。水夫の頭に頼んでみようと思っているんだ」

そんな難弁米の問いかけに、カブラは、

「兄貴、豊の国は遠い国から商人がやってきてさぞかし賑やかだろうな。それに豊前の神《かむ》夏磯姫《かしきひめ》様、筑後の八女津姫《やめつひめ》様、肥後の阿蘇津姫《あそつひめ》様と美人の女酋長様の多い所だと聞いたことがある。米もよくとれるし、それに暖かい。おいらはぜひ行きたいな。来年の春になったら、行ける仲間は皆で村長の許しをもらって水夫の見習いとして伊都の国へまず行こうぜ。そこから先の狗耶韓国へは命の保証もない荒海を渡らねばならんから、まず伊都の国へ行ってからどうするか考えてもよかろうさ」

少年たちは、二人の話をじっと聞き入っていた。突然、年長の建彦が荒れ狂う海を見ながら呟いた。

「おめえたちは、どうしてそんなに無鉄砲なんだ。自分の生まれ育った村、親、肉親をそんなに簡単に捨てられると思っているのか。これから狗奴《くぬ》の奴らとの戦《いくさ》になるかもしれんというときに、おめらは逃げ出してそれでいいかもしれんが、残された親兄弟はどうなる。狗奴の奴らはめっぽう強いぞ。村が焼かれ、親が殺され、奴隷に売られてもよいのか。九州でも伊都の国は我らが日本得魂命《やまとえたまみこと》様の勢力圏だが、肥の国は狗奴の奴らの直轄地よ。あちらでも、おめえらの船が戦に巻き込まれらあ、おしめえよ。まあ、この村に大将が残ろうが残るめえがオイラには関係ねえが、あんまり無鉄砲だから一番年上のオイラとしては放っておけないだけさ」

ヒミコが仕える日本得魂命王を頂く投馬国《とうまこく》は丹波を支配し、さらに王の嫡男、弟彦命は大和盆地の諸国が連合する邪馬台国の王に推戴されていた。

日本得魂命《やまとえたまみこと》王は、日本海から大和盆地にかけて一つの巨大国家を建設する夢を描いていたが、出石《いづし》、吉備《きび》地方から張り出してきた狗奴国は、両者を分断する形で勢力を伸ばしつつある。実際、境の村々では、投馬国、邪馬台国側につくか狗奴国につくかで日夜戦々恐々としていた。この頃は領土といっても、どれだけ村を支配できるかというのが決め手である。昼は狗奴国側、夜は投馬国側という村さえあった。

近頃は、この平和な村にも、あちらこちらの戦《いくさ》の情報が入る。戦いは恐怖であると同時にチャンスでもあった。身分の低い家僕の子でも、戦いに大きな手柄を立てて大人層へと出世していった者たちもいる。それもひとつの道である。

少年たちは、この寒さの中、三人の話に聞き入っていた。どの言い分ももっともである。

難弁米が海を指さして言った。

「おいらは、大海の潮の流れとやらに乗ってみたいのさ。伊都の国はもちろん、朝鮮半島、中国にも行って、どんなところかこの目で確かめたい、ただそれだけだよ。オイラにだって大切な母ちゃんはいる。心配かけさせたくはねえが、一生この村で養蚕をして、魚を採り採り生きるのはオイラには性が合わねえのさ。皆は好きにするがよい。春になったら、頭に頼み込んで伊都の国にでも一足先に行ってくるよ」

難弁米は後も振り返らずに浜に止めてあった一番大きな船へ近づいた。船は、舳先から船尾まで一本の大きな木を貫いて作られ、その両側に巨木を削ってくりぬいた船底板を合わせてできている。

「おーい、皆、オイラといっしょに海を渡りたい者がいたら、そっちから手を挙げてくれ」

難弁米が叫んだ。

「兄貴、オイラも連れて行ってくれ」

真っ先に手を挙げたのはカブラだった。そして鼻たれ小僧のチビデブのタダラも手を挙げた。

「兄貴、悪いな、オラは家に帰って父ちゃんに聞いてみる。二、三日待ってくれよなあ」

少年たちは、おのおのの夢や現実を交叉させながら荒涼とした浜を後にした。

難弁米とカブラは、翌年の春、伊都《いと》の国に向かう船の中にいた。カブラは全身に文身をしていたが、それは漁師として生きるためのこの村の習慣だった。難弁米は、養蚕の家であったため文身は入れなかった。というより母の糸路が、この文身の風習だけは抵抗があり、けっして許さなかったのである。ただ、航海そのものには糸路は反対ではなかった。

「しっかりいろんな国を見ておいで」と肩を抱いてくれた。

二人の少年は、追い風に押されるように潮に乗って伊都の国に出発した。少年たちは、この村と比べものにならぬすぐれた国や文化との出会いを夢見ていた。随《つ》いて行きたくなるような人との出会いを求めて……。

鬼道

ヒミコが丹波の宮廷に入り、早くも三年の月日が過ぎようとしていた。

丹波国（投馬国）随一の最高巫女由良姫は、ヒミコを早く一人前の巫女にするため、日夜きびしく神霊の降ろし方、神意の問い方など神事《かみごと》を習得させていった。やがてヒミコには凛然たる気品が具わり、おのずと厳かな人品を育み、由良姫の期待通り本格的な神事が立てられるようになっていた。

ただ、ヒミコが神懸かり状態になり脱魂になってしまった時、高齢の由良姫には審神者《さにわ》を務めるのは少々無理になってきていた。由良姫の体力が衰えてきたからである。

早くヒミコに似合った審神者を決めてやらねばなるまい。これは誰でもいいというわけではない。まず、審神者に対して神主が不安を抱くようではだめである。その意味では宮廷の巫女でヒミコの審神者が務まりそうな者はいない。困った由良姫は神示を仰いだ。すると「由良の浜辺の綾の織姫」と出た。

そこで該当者を捜すため、侍女を使いに出したところ、一人の中年の女性を連れてきた。姫というには薹《とう》が立ってはいるものの、物腰が上品で貴人の相がある。由良で機織りをしている女性といえばこの者しかいないという。この者ならヒミコの審神者が務まるかも知れぬ……と由良姫は直感した。女性の名は糸路といった。

連れて来られたその女性が顔を上げた瞬間、ヒミコは驚きの声をあげた。

「難弁米のお母様ではありませんか、お懐かしい……」

「まあ、これはこれはヒミコ様、御立派になられて……」

二人のやりとりを見て、

「なんと、そなたたちは知り合いであったか。それなら話は早い。糸路殿とやら、ヒミコには審神者が必要です。今までは私が手伝ってきましたがこの通り、寄る年波には勝てぬ。それで今日からは、そなたにその役を引き継いで欲しいのです。幸いそなたらは、霊性も合うようじゃ。頼みましたよ」

と由良姫は、はっきりと言った。その言葉に頷いた糸路は深々と平伏し、謝辞を述べた。

「ヒミコ様のためであれば、心魂をかたむけて、審神者役が務められるよう努力いたしますと存じます」

審神者は、神主つまり神憑りをする巫女のかたわらで、和琴を弾きながら神主を顕幽一致の境地へと誘導し、神託を聞きわけ判断して、それを人に伝えるという非常に重要な役目を担う。

神主は神憑り中に自分のすべてをゆだねるわけであるから、なによりも神主からの信頼感がなければ審神者はつとまらない。また神託を聞きわけ判断するわけだから、知的な素養も要求される。その意味では糸路が、由良姫の指導のもと、十分に審神者役をこなせるようになるのに時間はかからなかった。

この頃すでにヒミコは由良姫の後継者と目され、多くの婢僕《ぬぼく》が仕えていた。ヒミコ第一の側近である糸路にも数名の従者があてがわれていた。

ヒミコが天与の才能の持ち主であると糸路が気づくのにそう時間はかからなかった。なめらかで色白の玉のような肌、背も高くなり、丹後の浜で遊んでいたヒミコとは別世界の人のように美しく成長した。ひたすら神に仕え、由良姫にきびしく仕込まれたことにより、巫女としての立ち居振る舞いも、若いに似合わず堂々としている。あいかわらず、ヒミコの予言は恐ろしいほど適中する。そして糸路が驚いたのは、政治の機微に関するヒミコの理解力であった。

ある日、糸路はおもしろいことを口に出した。

「私も以前、母から聞いた話ですが、中国の巫術士たちは鬼道《きどう》と申して、呪文を唱えることによって死者の魂を下ろし、自分の体に乗り移すことによって死者の訴えを伝えることができる術を使いこなすそうです。また符呪と申しまして、神霊に通ずる図形のようなものを書き、呪を唱えて、識神《しきがみ》や童子という物の怪をてなづけて使ったり、仙人の住まう異境に肉身のまま出入りしたり、あるいは山に分け入り草の葉で病を癒したり、さまざまな術を駆使する者もいるとか。

倭国《わこく》でも左様ですが、中国でも巫術《ふじゅつ》そのものが宮廷を左右するほどの力を持っております。中国の祖である黄帝も巫術《ふじゅつ》の奥義《おうぎ》を修めた方だったと伝えられ、かの黄巾《こうきん》の乱も鬼道《きどう》を修めた張角《ちょうかく》と申す者が信者を率いて決起したものでございます。同じ頃、会稽《かいけい》では許氏《きょし》一族が鬼道でもって国を建て、みずから陽明皇帝と名乗ったこともございますが、呉の軍勢に破れ、一部は倭国に逃げたと噂されております」

と中国での鬼道のことを教えてくれた。

「なんと倭国に逃れてきたとな。糸路様、その中国の鬼道について詳しい者、できればその術を心得ている者に心当たりはございませぬか。妾《わらわ》は、由良姫様に手取り足取り神事を教えて頂いたが、まだまだ死者との対話などとんでもないこと。倭国の神事と、中国の鬼道とやらを使いこなせたら、この国をひとつにまとめ、いま王も一番頭を痛めておられる狗奴国との戦いにも勝つ、何らかの手だてが見つかるかもしれませぬ」

「いることはいると思います。しかし、巫術者の能力にも差があります。蛇の道は蛇と申しますが、私にも心あたりがないわけではございません。よき方がいるか否か、使いを出して調べさせましょう」


数日後、従者が二人の男を連れて戻ってきた。かつて江南《こうなん》で許氏に仕えていたという親子で、名は牛利《ごり》といい、倭語もきちんと話すことができた。

親子は、畏まって平伏している。

「どうぞ、顔をお上げなされ。妾がヒミコじゃ。その方ら、かの地で鬼道とやらを学ばれたとか。ぜひそれについて知りたいと思い、お呼び立てしました」

親子は身なりこそ質素であるがすがすがしい人品であった。顔を上げると、目元に優しさのある父と、凛々《りり》しい若者が並び、糸路と同じく中国ではかなりの身分の者であったと思われた。父のほうは、手に美しい錦の布に何やら大事そうな包みを持ち、それを糸路に恭《うやうや》しくしく差し出した。

「これは術に使う鏡にひとつでございますが、ヒミコ様に献上いたします」

糸路が包みをあけると、見事な鳥の彫刻をした銀の鏡があった。

「これは何の鳥ですか」

糸路はヒミコに鏡を見せながら牛利に聞いた。

「鳳凰《ほうおう》と申し、瑞兆の時に現れるめでたい鳥でございます」

ヒミコは、その美しい細工模様が施された銀の鏡がたいそう気に入った。

「かような大切なものを妾にくださるのか？」

「はっ。仰せのとおり、私どもは中国は江南の許昌《きょしょう》様という師仙に仕えた巫術士でございます。孫堅の軍勢に追われ戦乱のため倭国に逃れ、ひっそりと暮らしております。私どもの術が、どれほどお役に立つかわかりませんが、中国では、士は己を知る者のために死すと申します。術というものは妄《みだ》りにこれを伝えては漏世の罪に問われ、さりとて人を得てこれを伝えなければ断道の罪に問われます。いまご尊顔を拝しまして、われらが術を伝えるべきはヒミコ様をおいて他にないと悟りましたゆえ、この鏡を献上いたす次第でございます」

「そこまで言われると。妾こそ必死で学ばねばその方らに申し訳が立ちませんね」

ヒミコは笑いながら頷いた。

翌日から、鬼道の伝授のため二人はヒミコの所に通った。父の名は牛利成忠《ごりせいちゅう》、息子は牛《ご》利《り》呂《ろ》旬《じゅん》と名乗った。

ヒミコは、早速かねてより学びたかった死者の降霊について尋ねた。

「死者の霊が降りてくる時は、ヒミコ様はもうご自分ではなくなります。ですから糸路様や他の巫女の方々に介添《かいぞえ》を頼まなければなりません。死者の言葉を伝えた後は、非常に体力を消耗し、その場に倒れてしまいます。介添の方もたいへんな力仕事なのです。介添の機会を一歩でも間違ったりすると、ヒミコ様御自身がそのまま死者の世界へもっていかれることになりかねないからです。

ですから我々巫術士も死者の魂呼びに関しては、やはり慎重になります。それと、大事なのは死者を元の天へお返しして差し上げねばならないことです。死者が降り、生前の口調で思いを伝えさせた後は、その死者を納得させた上で天帝の元へお返し致します。

ご所望でございましたら、いましばし準備の時間を頂ければ、ここでお見せ致しましょうぞ。左様なご質問もあるかと思い、準備はして参りましたが」

一瞬、その場に緊張が走った。なにか見てはならぬ世界に触れるような気がしたが、ヒミコは黙って頷いた。

牛利はてきぱきと息子の呂旬に指示し、印を組み、呪文をつぶやきながら、壇を築き、筆墨をとりだして符を書き、供物を並べた。

準備が整うと、香を焚き、息子の呂旬が小さな一弦の梓弓《あずさゆみ》をとりだして奏ではじめた。梓弓は、弦を叩いて死者の霊を呼び寄せたり他界へ送り返したりするのになくてはならない呪具である。

牛利成忠《せいちゅう》は、祭壇に跪き、死者の訪れの時に読む祭文を奏上し始めた。次に梓弓が叩かれると、死者はその音で自分が呼ばれていることに気づくという。死者は、他界の支配者にしばしの暇乞《いとまご》いをして御法の舟に乗る。そして呼び手の元へ舟を走らせ、浜辺に着くと馬に乗る。

次に呼び手の所へ馬を急がせ、千里の道を百里、十里、五里、一里と、呼び手のもとへと駆けつける。死者は、生前の口調そのままで生者に語りかけるのである。

呼び出してもらった礼を述べると、自分が冥界でどのように過ごしているかを簡単に伝え、家族に異変を夢で知らせることを約束すると、また遠き冥界へと帰っていく。

巫術士 牛利成忠は、糸路の母を呼び出した。口を切ると、もはや牛利の声ではなかった。麻婆様は生前のおだやかな口調そのままに、難弁米がいずれヒミコ様のもとで活躍し大陸に使いすることになろう、自分は冥界からヒミコ様を守護する、と告げた。

ヒミコは、鬼道の術の一つであるという死者との対話を眼の当たりにして、自分の実力のなさを痛感した。内心、

「とても中国の巫術士にはかなわぬ。これは何としてでも彼らの術を攫《さら》わねばなるまい」

といよいよ決心をかためた。

「鬼道の内の一つです。ヒミコ様ほどの巫女様ならすぐに覚えられまする」

得意満面、哄笑《こうしょう》する江南の巫術士 牛利を鋭く見つめながら心穏やかでないヒミコは、作り笑いを浮かべて答えた。

「おお、何と見事なる術、恐れ入りました。そなたほどの術士なら皇帝とて側に置きたかったでありましょうに」

「ヒミコ様、中国の皇帝も今は封禅《ほうぜん》の儀《ぎ》もせずに皇帝となりまする。ですから天下が乱れ、政権が長続きいたしませぬ」

「何ですか？　その封禅の儀とは」

「封禅の儀とは、天帝が降臨する泰山に登り、商、周の時代には必ず歴代の王が執り行った即位式にございます。天下を治める徳を備えた王が、封禅の儀を行えば天帝もお喜びになるが、王としてふさわしくない場合は、天帝により落雷され命を失うのです。今は、大事な儀式なのに天帝を恐れ封禅の儀を省略してしまうのです。中国に本当に王らしい王がいないのはそのためです」

と牛利は中国での実状を話した。

「ヒミコ様、死者を招くのは鬼道のごく一部です。まず印と符呪の法に通じなければなりませぬし、童子法、活殺法、遁甲、治病と実に広範囲です。諸人の病を癒すだけでも、黄帝の教えに則り、五行の理と人間の体の経絡というものを学び、薬草についてもを知らねばなりません。徐々にご修得ください」

その日から、ヒミコは牛利親子について貪るように鬼道の術を学ぶようになった。

ヒミコにとって、またもや厳しい勉学と修行の日々となった。牛利の教えも日増しに手厳しくなり、手はじめに二十一日間の米断ちが始まった。冷水で体を清め禊《みそぎ》をしたのち、米、あわ、ひえ等の主食を絶つのである。許されるのは水と木の実と野菜だけである。体力がめっきり弱くなり、ひもじいことこの上なかった。頭はフラフラしてくるし、今にも目まいを起こしそうだった。しかし、体力とは裏腹に精神力のほうは、どんどん研ぎ澄まされたように冴えていった。また、独特の呼吸法も仕込まれた。

ある日、巫女頭 由良姫にヒミコは呼び出された。

最近、めっきり弱った老巫女は痩せ細り、枯れ枝のようなか弱い手足になっていた。

「ヒミコ、話があります。もっと近くに寄って下され」

ヒミコが枕許に座ると由良姫はじっとヒミコの顔をのぞき込んだ。

「これから私が話すことは、お前さまには気の毒かもしれん。しかし私も、もう先はない。昨年、村長が亡くなる前に、そなたの父が使者として来られて、そなたの秘密を教えてくれたのだよ。驚くかも知れんが、そなたは村長の家の前に小舟に入れられて置かれていた赤子だったそうじゃ。村長《むらおさ》の家には、年の離れた男の子も生まれ、べつにお前さまをうとましく思われたわけではないが、妙に霊感が発達し、聡明なお前さまをもてあまし、このまま浜辺の村で一生を終えさすのも忍びないと、幼なじみの私の所に、そなたを預けにきたわけじゃ。

言おうか否か……正直迷うた。しかし、そなたの類稀《たぐいまれ》な巫女としての能力を思うと、やはり本当のことを教えた方がいいと思ったのじゃ。本当の親は、よほどの事情があったのであろう。そなたの出自は良いはずじゃ。顔の相が富貴だからじゃ。しかも、そなたの巫女としての才能は妾など足もとにも及ばぬものがある。どうか、王を助け、この国の民を導いてくだされや……」

ヒミコは頷き、手を固く握りしめてやった。由良姫は、静かに目を閉じるとそのまま眠るように息を引き取った。

許氏一族

ヒミコは鬼道をきっかけに、当時最も進んでいた中国大陸の知識を吸収する機会に恵まれた。

牛利に言わせると、巫術の中で最も大切なのは、病気治しであった。これによってこそ、術者は民心を掴むことができる。古代においては巫者が医者を兼ねていた。今日でいうヒーリングや気功法はもちろん、広く薬草、漢方の知識が重要視された。ときに薬草は毒薬ともなる。いわゆる詛術のなかには、密かに相手に毒薬を呑ませる方法もあった。

中国の巫術者として名高い許昌《きょしょう》と息子の許韶《きょしょう》も治病で民心を掌握し、陽明皇帝と名乗り、何万もの民衆を率いる一大宗教王国を築いていた。その教団の組織拡大を恐れた呉の孫堅は、討伐の軍を起こす。

句章《くしょう》（紹興《しょうこう》市附近）から江南にかけて大きな戦いになり、巫術の名門許氏一族は揚子江下流の会稽から船団を組み、琉球、奄美大島、倭国へと逃亡したと伝えられる。

牛利親子は、この教団の幹部であり、船団で渡航中離れ離れとなってしまった教祖陽明帝（許昌）が倭国の丹波に向かったとの情報をもとに必死に探索していたのである。

牛利親子は、他にも同じ船団で上陸した四百人程の人たちとともに浜の人たちとうまく融和しながら、かつて教祖陽明帝（許昌）の知恵袋といわれた韋真訓《いしんくん》を中心にコロニーを作り、農耕に従事していた。皆心の中では一日も早く教祖許昌に会いたい一心であった。

ある日、韋真訓は牛利親子に尋ねた。

「ヒミコ様とはまだお若いのか」

「はい、お若いながらも、学ぶということに非常に熱心なお方です。この国にきちんとした文字がないのをいつも嘆いていらっしゃいますので、私は漢字も教えてさしあげております」

「そうか、くれぐれも言っておくが、鬼道は小出しにして、すべてを伝授してはならぬぞ。教祖様にお仕えし、我らが巫術をもって天下を取るという目的をよもや忘れてはおるまいな」

親子は頷いた。

「もちろんでございます、われらの使命は一刻たりとも忘れたことはございません。ただそこそこ教えていくことで、われらに対する依存心が深くなり、後々やりやすいのでは、と心得ております」

「それを聞いて安心したぞ。まあ、初歩的なことだけでもこの国の巫女にとっては新鮮であろう。ただ用心せぬと、あちらが力をつけすぎてもやりにくくなるからな」

この五十代の韋真訓は、宗教王国の復活を目指していた。彼の眼には精悍な光があり、かつて陽明帝の知恵袋といわれただけの精彩を放っている。

「この国は故国に比べると文化も知識も低い。しかし、人々は温厚で気候も良く暮らしやすい。運よくそなたが宮廷に入りこめたのも許昌様の導きかもしれぬ。そなたはすでにヒミコ様から賓客《ひんきゃく》扱いされるほど信頼も厚い。いずれ鬼道の本拠地は倭国になるかも知れん。わしも一度ヒミコ様とやらに会ってみたいものよ」

と、韋真訓は夢を育みはじめた。


翌月、牛利親子はヒミコの所に韋真訓を伴ってやってきた。

広間の正面奥の白い壁代の前に、純白の上衣に裳をつけ、目のさめるような緋色の比礼《ひれ》を肩にゆったりとかけたヒミコが凛として座り、何人もの若い巫女たちがその左右に侍《はべ》っていた。つい最近、由良姫の死去に伴い、ヒミコが巫女頭の地位を継いだばかりであった。

やがて牛利親子が、彼等の師韋真訓を伴い、広間の戸口に垂れている白い帳《とばり》を掲げて入ってきた。

「ヒミコ様、私の師でもある韋真訓先生でございます」

と牛利成忠は韋を紹介すると、ヒミコの前に平伏した。

美しく装ったヒミコは、韋真訓を見て笑みを浮かべた。改まって中国式の礼を尽くした跪拝をした韋真訓は、顔を上げると、思わずあっと息をのんだ。似ている……、他人の空似であろうか。教祖許昌様の王妃、許豊玉《きよほうぎよく》様にこの方は生き写しだ。しかしここは倭の宮廷、めったなことを口には出せない。韋真訓は感極まったが、すぐに冷静さを取り戻し、

「ヒミコ様には、弟子の牛利親子が大変お世話になり感謝にたえませぬ。今日はそのお礼に、心ばかり品を献上仕りたく持参いたしました」

糸路が土産の品をヒミコの前に差し出して中を開けると、キラキラ光る黄金の金具があった。

「これは美しき釵子《さいし》ではございませぬか。ヒミコ様の御髪《おぐし》につける髪飾りでございますよ。それにしても韋真訓殿はよくぞかような黄金の細工物を御用意下されたものじゃ。まあまあヒミコ様に良くお似合いですよ」

糸路はさっそくヒミコの黒髪に黄金の釵子をつけてみた。待っていた若い巫女たちもその美しき黄金の輝きに目を光らせて驚いた。

「ヒミコ様。これは中国では皇帝のお妃とか身分の高い女性にしか用いられぬ品でございますよ」

糸路が釵子《さいし》をヒミコの手に載せると、ヒミコは黄金の美しい彫刻が施された釵子に眺め入った。よほどうれしかったらしく、満面に笑みを浮かべている。

「韋真訓殿、高価なお土産を頂きありがとうございます。こちらの糸路も、元はかの国の者、われら倭の国は渡来人のそなたらにどれほどの恩恵を受けたかわかりませぬ。これからも交流を深め、かの地の知識をもっともっと吸収したいものです。今後は、牛利とともにそなたもぜひお出かけ下さい」

「御意、これを機会にヒミコ様と倭の宮廷の発展のため、存分にわれらをお使い下さいますようお願い申し上げます」

韋真訓は、教祖夫人に瓜二つのヒミコに向かい両目を輝かせながら跪拝し、宮廷を後にした。

再会

人々の病気治しのためにヒミコと牛利親子らがはじめた薬草院は、まもなく救いを求める人々が長蛇の列をなすほどになった。

韋真訓も、自らの弟子二十名ほどを連れてきて薬草の採取や治療にあたらせた。つい最近まで弟子の牛利親子にもヒミコには肝心のことを教えるなと諭《さと》していた韋真訓であったが、ヒミコが許豊玉の娘であるかもしれぬと思ってからは、率先して労を惜しまずヒミコに仕えるようになっていた。

連日のように押し寄せる患者の人波。遠くから運ばれている戦《いくさ》での負傷者。すぐに治療のための宿泊施設も必要となり、韋真訓はそれらの建設工事にも多数の工人を従えて土木工事やら建物の造営に腕を振るった。丹波国王はその功を高く評価し、韋真訓と牛利親子に大人《だいじん》の身分とその地位の象徴としての五尺の刀を授与した。

記録によると、当時の倭国には、王《おう》、大人《だいじん》、下戸《げこ》、奴婢《ぬひ》（生口《せいこう》）などの身分があったことがわかる。ヒミコの事業に協力すれば倭国での身分まで保障されると聞いた中国からの渡来者や漂着者たちは、韋真訓に続けとばかりに続々とヒミコのもとに、その先進的な知識や技能を売り込みにきた。そしてそれが、ますますヒミコの権威を高めることになった。

ヒミコは、巫女としての生活、薬草院での病人の世話と多忙をきわめる中、十七歳の春を迎えていた。

宮廷から見る日本海の美しさは格別である。落日の空には、金色、橙色、薄桃色、薄紫色、薄藤色へと五彩の雲のような夕映えが拡がる。ヒミコにとって、この丘で夕日を眺めるのが唯一の気分転換である。ふと見ると、その空と海の間に漫然と立っている若者の姿があった。若者は松の木に寄りかかりながらこちらに手を振っている。懐かしい難弁米？　まさか。疲れていて私は幻でも見ているのだろうか？　いや、あのガキ大将の難弁米を見間違うはずはない。

若者は、こちらに近づくと、

「ヒミコ様、母が大変お世話になっております。ただいま韓国《からこく》より戻りました。長い間、伊都の国と、朝鮮半島の狗耶韓《くやから》に行っておりましたが、たまには母の顔も見ませんと、死んだと思われますからな」と挨拶した。

「まあ、すっかり立派になられて、見違えてしまいました。母上糸路様には妾の方がすっかりお世話になっております。久しぶりに母子水入らずでごゆっくりなさいませ」

ヒミコはうれしそうに返事をした。

「いつ見ても日本海の夕日は美しい。あれからもう四年も経ちましたなあ。丹波も近隣の諸国も戦はつきないようですが、この美しい春の海を眺めているとそういう現実を忘れほっとしますな。あ、ヒミコ様。気安くお声をかけ、とんだ失礼を。もう我らから見れば雲の上のお方でしたね。この国で最高位の巫女様になられたとか母より聞きました。おめでとうございます」

難弁米は急に畏まってヒミコの前で平伏した。

「まあ、なにをなさいますのか。難弁米殿が異国で得られた知識はこの国にとってはなくてはならぬもの。いかようにもご出世の道は開けているのですから……。さしでがましいようですが、そなた様さえよければ、妾からも王に一言申し上げますぞ」

ヒミコは久しぶりに心躍らせながら幼馴染みに答えた。

すると、まだあどけない顔をした巫女が二人、ヒミコの所に駆けて来て、

「ヒミコ様、国王様が火急に頼みたき儀があると、神殿でお待ちになっておられます」

と、せきたてるように告げた。

ヒミコは、久方の挨拶もそこそこに、急いで自室に戻ると純白の巫女装束に着替え、迎えの巫女たちとともに足早に神殿へと向った。

正面の扉を二人の巫女がしずしずと開ける。真新しい神殿には桧の香が漂い、燭台の火が仄《ほの》かに部屋を照らすほかは、ほとんど薄暗い部屋である。板敷きのかなり広い部屋にヒミコは審神者の糸路を呼び入れた。すでに丹波国王 日本得魂命《やまとえたまのみこと》は毛皮の敷物の上に一人胡座《あぐら》をかいてヒミコを待ちわびていた。

「ヒミコよ、邪馬台国にいる弟彦《おとひこ》に、何者かが蠱《こ》をかけておるらしい。原因もないのに体調がすっかり悪くなり、やせ衰えてしまったそうだ。早く手を打たねばあやつの命は尽きてしまう。助けてやってくれ」

蠱《こ》とはつまりは呪詛である。蠱《こ》に対するにはより強力な蠱《こ》で応じるしかない。日頃は威厳に充ちた王も万策尽きた思いのようで、髪にはすっかり白いものが目立つ。神殿の正面には御神鏡が輝き、その両側の榊は濃い緑の枝葉を伸ばし、その榊にも小さな銅鏡が飾られている。

キラキラと輝く釵子を頭上に乗せてヒミコはひとり御神前の前に進み出て呪敵の祭儀に入った。ヒミコの奏上する祭文の後に、時に全身をわなわなと震わせながら全身全霊で祈りが続く。

相手方を打ち破るための祈りは、相当な体力と気力がいる。負ければこちらの命が危ない。下座に控えていた巫女たちも、全員で頭を床につけるかの如く祈りに加わった。何としてでも、神に邪霊の撃退と弟彦命《おとひこのみこと》様の御加護を願わねばなるまい……。ヒミコの長い祈りが終わりかけたのは、深夜である。

「王よ、やっと敵の呪詛に打ち勝つことができました。相手は狗奴《くぬ》国にございます。狗奴国王が弟彦命を呪詛しておったのです。しかしこれで一安心にございます」

凛とした声でヒミコは神意を告げた。

「よくやってくれた、ヒミコ。そなたがおれば丹波国も邪馬台国も安泰じゃ」

そう礼を言うと丹波国王は、ゆったりと出口に向かい、振り向きもせず寝所に戻った。

外は朧月夜《おぼろづきよ》の晩であった。

巫術の血脈

これまで糸路は宮廷の奥に一室を与えられ暮らしていたが、ヒミコの計らいで、息子難弁米とともに暮らせるよう、宮廷の内垣に立派な家が与えられた。

そこへある日のこと、酒を片手に韋真訓がやってきた。韋は、酒の肴にと、採れたてのアワビまで持参してきた。

「いや、糸路様、なかなかよきお住まいじゃのう。今日は引っ越し祝いじゃ。少々飲もうではございませぬか。同じ漢人同志の誼《よしみ》で、アッハッハッ。それにしても息子殿が無事お戻りで良かったのう」

韋真訓もすこぶる機嫌が良いようにみえる。

三人は、囲炉裏《いろり》を囲むと濁《にご》り酒を注いだ。難弁米は、はるか遠くの伊都国《いとこく》や韓《から》の国《くに》のことなどを話してくれた。もうすっかり日常の韓語もわかるようになっていた。

「難弁米殿、そなたは通辞だけでこれから十分に食べていけそうじゃ。これからこの国も朝鮮半島、中国、東アジア諸国に正使を派遣させることになろうぞ。ますますお主のような若者の出番よ」

韋真訓は、さかんに難弁米の行動力と語学力を褒《ほ》め称《たた》えながら杯をすすめた。

それから彼は、毛皮の敷物の上に胡座《あぐら》をかくと急に真顔になった。

「糸路様、もしやと思うのだが、どうしても以前から気になって仕方がない件があるのです。このようなことを聞けば気を悪くされるかも知れませぬが、ヒミコ様は本当に倭国のお方なのですか？」

炉ばたで魚を焼いていた糸路は、歓談の途中、驚きに顔が固まった。

「急にどうなさったのですか、韋真訓殿。ヒミコ様がいったいどこのどなた様というわけですか」

糸路が逆に質問した。

「本来なら、もっと早くお聞きしたかったことです。ヒミコ様は、さるお方とあまりにも生き写しだったものですから……」

「さるお方ではわかりませぬ。どなたに生き写しと申されるのか？」

糸路は、韋真訓を見つめ返した。彼女の声は重い。

「かつて私が仕えていた皇后様に瓜二つのお顔立ちなのです。中国は江南の陽明皇帝とまで呼ばれた巫術の大家、許昌氏の皇后 許豊玉様とヒミコ様は生き写しなのです」

黙って聞いていた糸路は、

「この広い世界ですから、生き写しの方がおられても不思議はありますまい」

「あるいはお顔だちが似ているだけではそうかもしれぬ。しかし、ヒミコ様には巫女としての才がありますゆえ、わしには偶然とは思えぬのです」

「韋真訓様、貴殿は、何の野心を抱いておられるか。かつて宮中をも左右した一大教団、鬼神を祀り、巫術の道で何十万という信者を率いた許昌の残党である貴男が、倭国に来て大人の地位に就いた今、ヒミコ様を祭り上げて夢よ再びというわけでございますか?」

「糸路様、これはこれは手きびしい。私のごとき年寄りに何の野心がござろうか。ただよく似ていらしたので、もしかしたら身重のまま倭国に逃れた許豊玉様のお子では……、そうふと思っただけでございます。どうぞ失礼をお許し頂きたい」

韋真訓は穏やかに答えたが、表情は強張っている。

「韋真訓様、もし、ヒミコ様が本当に許豊玉様の王女だとしたらどうなさるおつもりか」

糸路は、韋真訓に酒を注ぎながら聞いてみた。

「天下に二人といない名門巫術のお血筋の方でございますぞ。許豊玉様のお父上は加羅金海《からきんかい》の首露王《しゅろおう》様、お母上はインドアユダ国の王女許黄玉《きょこうぎょく》様であられます。御出自は高貴この上ありません。

もしもヒミコ様が陽明帝と許豊玉様の王女だとしたら、我らはそれこそ元の信者を総動員してヒミコ様のために精一杯働かせて頂きますとも。これで、やっと鬼道の花が咲くかもしれませんからな」

と子供のように目を輝かせながら、白髪の韋真訓は赤い顔をしながら上機嫌で酒壷を振った。

「どうやら酒も飲み干してしまった。わしとしたことが少々長居をしすぎたようだ。そろそろお暇するか……。なあ難弁米殿、わしの夢はな、『鬼道の花を咲かせる』こと、ただそれだけじゃ。その花を咲かせる人がおらんでなあ……。おいぼれの夢と笑って下され」

足もとをふらつかせながら韋真訓は部屋を出た。

親子二人になった時、糸路は急に真顔になって息子の難弁米に耳打ちした。

「いまの話、他言はなりませぬぞ。じつは由良姫様は御他界のおり、そっと私にだけ教えて下さったのです。ヒミコ様は村長《むらおさ》の子ではないと。実の親は、村長も知らぬとのことじゃが、ヒミコさまのただならぬ霊力が巫術の名門のお血筋とすると、妙に辻褄があってくる。ただ、あの男には気をつけぬとな。精一杯働いてくれるのはよいが、ヒミコ様を自分の都合のいいように祭り上げて利用しようとするやもしれぬのでな。そなたは幸いヒミコ様とは幼馴染みじゃ。何かあったら助けて差し上げなされ」

あのヒミコが……。難弁米にとっても韋真訓の話は驚きだった。それにしても運命の糸とは不思議なものである。

遠くから太鼓の音が聞こえてきた。

近くの国でまた戦乱がおきているようだ。

倭国の大乱

春は夜明けが早い。

早朝より、宮廷では各地の王や大人たちも加わり会議が開かれた。

大広間には、鹿の毛皮の敷き物が敷かれ、近隣の王や大人《だいじん》たちが次々と席についている。

正面奥の玉座には、丹波国王日本得魂命《やまとえたまのみこと》、その右隣には大和を治めている弟彦命《おとひこのみこと》、左隣に最高巫女ヒミコと審神者《さにわ》の糸路が並んでいた。
二、三十年位前から日本列島の各地では争乱が続いていた。
とくに、現在の九州地方には大乱が続いたため、かなり早い時期に平和を求めて九州から瀬戸内海を経て難波から大和地方に移住した人々もいた。その指導者の一人がニギハヤヒノ命《みこと》である。ニギハヤヒは、九州の一角、高千穂を本拠とする日向一族の王族の一人であったが、その地方に天災地変があり、飢饉が続き、反乱も多発したために、民族の大移動という行動をとらざるをえなかったのである。

ニギハヤヒは、豊前国の宇佐からから多数の船団で瀬戸内海を進み、大和へと入った。倭国の大乱は、そのほとんどが天災を原因とする食料危機と、勢力争いによる土地の侵略であった。

九州からは、そのニギハヤヒを追うように海人族として一大勢力を誇っていた海部《あまべ》一族、宗像《むねかた》一族、安曇一族等も海岸線や川筋に沿って日本列島の各地へと大移動を開始した。ちなみに、このうち海部族の王が丹波国を開いたのである。

移動に伴う当然の結果として先住民との交渉が生ずる。九州勢は、銅や稲作の高度な生産技術を武器に、土着の先住民と融和していったようだが、必ずしもすべてが平和的に解決するとは限らなかった。

本日も早朝からの会議は、邪馬台国とよばれた大和の生駒地方を統治していた安日彦《あびひこ》、長脛彦《ながすねひこ》らとニギハヤヒが一層の「和交」のため、ニギハヤヒが長脛彦の妹を妃にしたという話題で盛り上がっていた。

その邪馬台国の一部分ではあるが三輪山より難波よりの纏向《まきむく》あたりを治めていたのが丹波国王の王子、弟彦命であった。日本得魂命としては、丹波から大和にかけて一大統一国家の建設を夢見ていたのだが、その大和と丹波のあいだに出石、吉備から狗奴《くぬ》国の勢力が張り出し、のちの山城、近江あたりにまで食い込みつつあった。

ただ、それはいまだ各地の村々という点だけの支配であり、それゆえに今日も大和の諸王たちも会議に列席できたのである。この点の支配が面の支配になるまえに狗奴国を叩く必要があった。

狗奴国は、出石盆地の干拓で勢力を拡大した国である。出石王朝の始祖は天日槍命《あめのひやりのみこと》であり、現在は狗奴国とよばれ、最強といわれる狗奴軍団を有していた。始祖天日槍命（日矛ともいう）は、新羅の王子であったが、九州の菊池川流域に勢力を扶植したのち、船団で播磨（兵庫県）に上陸し、吉備、出石地方（兵庫県北半）を支配下に置き、一方で宇治川を溯り、山城、近江にまで勢力を伸張していた。

ちなみに『日本書紀』にも天日槍の従人は近江国の鏡村にいたと書かれている。現在の王　卑弥弓呼《ひみくこ》（狗古智彦《くこちひこ》ともいう）は、しばしば大和国内にまで入り込み、弟彦命の宮からわずかの距離の地点まで攻め込むこともあった。さらに最近では海上ルートで熊野に上陸して勢力を扶植しつつあった。

いきなりヒミコが声を上げた。

「邪馬台国を強固な体制に整えておきませぬと、狗奴国の卑弥弓呼《ひみくこ》に征服されますぞ。邪馬台国の長たちは、一日も早く団結してください」

沈黙していた大人たちも口を揃えて、賛同の辞を述べあった。

この頃の邪馬台国は、村々の長《おさ》からなる連合政権であった。その中での指導的立場にあったのが安日、長脛彦の兄弟とニギハヤヒ、そして弟彦命であり、彼等はお互いに立場を理解し、平和共存しつつ、連合体制を支えていた。ただそのなかでも、強大な海人族の長で丹波国王の息子である弟彦命がいちおう最高位にあった。

出石、吉備、山城と勢力を拡大してきた狗奴国は、何とか邪馬台国も支配下に治めようとし、武力を強化していた。

とくに大和の中でも、狗奴国の勢力圏と接する弟彦命は気が気でなかった。いつ戦場になってもおかしくない纏向《まきむく》に彼の宮はあったからである。

そのため、平時にはこれまでのゆるやかな連合体制でもよかったが、狗奴国の攻勢に立ち向かうためには、大規模な軍の動員が必要であり、ある程度集権的な体制が求められる。

丹波国王が重々しく口を開いた。

「王たち、そしてお集まりの大人たちよ、よく聞いてくだされ。これまで皆は古くからの縁でこの丹後の宮を立ててきたが、これからは纏向宮の弟彦を中心にやっていってほしいと考えておる。そのため、わしは、ヒミコを邪馬台に遣わそうと思う。皆は、弟彦命とヒミコをわれと思うて立て、一つにまとまってほしいのじゃ」

丹波国王は、威圧するような厳しい目つきで皆の賛同を促した。

さすがに国王は情勢をよく見通していた。弟彦にはやや線の細いところがあり、ヒミコのカリスマ力を利用する以外には邪馬台国を強力な統一国家にする方策はない、と見たのである。

思い切った提案に、一場は水を打ったように静かになった。

韋真訓がおずおずと、

「王よ。ヒミコ様に遠くに去られたら、われらはどなたに神意を伺えばよろしいのか。他にも巫女方はおられるが少々心もとない気が致しまするが……」

と眉をしかめて詰め寄った。

「はっはっはっ、そなたは、ヒミコと薬草院の運営をしているから心細いのか。わしは何もヒミコ一人を遣わそうと言うのではないぞ。もちろん、そなたたち、これまでヒミコの手足となって働いてきた者も一緒に纏向宮へ行くのじゃ。そなたらの優れた知恵を邪馬台のために使ってくれ。ただ、何人か薬草の知識のある弟子は残しておいてくれ。薬草院に救いを求める民はあとを断たぬでな。わしとてヒミコに去られるのはつらいが、いまは邪馬台を強化することが、ひいてはこの国の安全保障というものよ。邪馬台が狗奴国に負ければ、わが丹波の国も滅びることになろう。巫女の仕事は、副巫女の麻女が代行する。麻女とて由良姫に仕込まれておるので心配はいらぬことよ」

そうまで言われると、誰も反対する理由はない。

ヒミコと審神者の糸路は、突然の王の命令に驚いたが、ヒミコは気をとり直すと、

「国王様の命により、大和の邪馬台なる国へ赴きます」

と国王の方を向いて一礼した。

「ヒミコよ、よくぞ決心してくれた。そなたが邪馬台に行ってくれれば、わしも心強い。本日の会議はこれまでじゃ」

「御意」

国王の言葉に一同は答えると、恭しく一礼して退室して行った。


大広間には、国王、弟彦命、ヒミコと糸路だけが残った。

「せんだってはヒミコ様のおかげで命拾いを致しました。またこの度は父の命とはいえ、私のために遠く邪馬台国へ赴きお力添え頂くこと厚くお礼申し上げます」

高貴な血筋の上品な青年は、ヒミコに礼を述べた。

丹波国王は部屋の隅でしきりに小声で糸路に語っている。

「糸路殿、そなたの力添えでヒミコに伝えてくれんか、弟彦命の妃になるよう」

糸路は、

「そのような大事、なぜ先ほどの会議にお諮《はか》りにならなかったのですか。それにヒミコ様は、それこそ神様一筋に伝えて来た方。巫女に結婚なんてあってはならぬことでございます。結婚すれば神がお怒りになり、神の取次ぎ役などできなくなるやもしれませぬぞ。さようなこと、いくら王の命でも私の口からヒミコ様に申し上げられませぬ」

と困った顔をした。

「わかっておる。わかっておるからそなたに相談したまでじゃ。弟彦命にはすでに三人の妻がおる。しかし、わしはヒミコに巫女をやめさせてでも弟彦命の嫁にしたいのじゃ。弟彦命は気だてはよいが、いまひとつ頼りないところもある。これから邪馬台の国々をひとつにまとめていくためには、どうしてもヒミコのあの力が必要なのじゃ」

丹波国王は、糸路に同意を求めた。

王の言い分にも一理ある。実際、ヒミコが巫女として、生涯、夫も持たないことがはたして幸せといえるのか。糸路は複雑な心境であった。

「弟彦命様とヒミコ様お二人の気持ちがそういう方向へ向かえばそれもよろしゅうございましょうが、それはヒミコ様がお決めになること。無理にお勧めするのはいかがなものでしょう。ヒミコ様は類稀《たぐいまれ》な巫女様だからこそ、俗世を避け神に仕えているほうがお幸せかと思います。母親代わりのようにお仕えしてみて、そう思う時があります」

「いや、無理にとはわしも思わん。弟彦には、ヒミコのような女性が必要じゃと思ったもののでのう」

丹波国王は親心をのぞかせつつ、笑ってごまかした。

四人は部屋を出ると、回廊を各々の朝餉《あさげ》の膳に向った。


朝餉の後、ヒミコのもとへ珍しい訪問者が現れた。ヒミコの両親ハヤトとミズキ、そして弟の空彦と海彦の四人が恭しくヒミコの前にまかり出た。皆とは四年ぶりの対面である。立派になったヒミコを見て母ミズキは涙ぐんだ。まさか、あの蛭子が……よくぞここまで、と遥か昔を思い出していた。無理もない。今のヒミコは、長い黒髪の頭上には黄金の釵子がキラキラと光り輝き、純白の巫女装束に緋色の裳裾を優雅に引きながら歩く姿は、天女のように美しく気高い。

村長となった父ハヤトの用件は、長男の空彦に家を継がせるので、一歳年下の海彦をヒミコのもとで働かせてくれないかとの頼み事であった。

「海彦を、どうぞよろしくお頼み申します」

ミズキが頭を床にこすりつけて礼をした。

「母上、なにとぞ頭《おつむり》をお上げくださいませな。なにもそのように堅苦しきことを」

「なにを仰せでございましょう。いまや神のお取り次ぎをなされ、病の民を救い、王も一目おかれるそなた様ではございませぬか」

「はいはい、わかりました、母上。でも妾たちは、国王の命によりこの丹波を去り、遠く大和の邪馬台国に行くことになりました。海彦も連れて行かねばなりませぬが、それでも構いませぬか」

海彦は、頭も良さそうだし、何よりも気が利きそうな元気な男の子だった。ワンパクざかりだが、目に愛嬌がある。気立てもやさしい。

「そちらで働かせて頂く以上、どちらに連れて行かれようと文句を言う筋合いはございませぬ。この子も、もう十歳、弟としてでなく、従者として厳しく仕込んでやって下さいませ。実は、手のつけられないワンパクな子でございます」

母は、困ったように次男の海彦を見つめた。それを聞いて、父や空彦も苦笑いした。

「こんな子ですが、何かのお役に立つとは思います。側に置いてやってください」

「これは父上、そこまでおっしゃらなくてもこの子は妾の弟。一緒に邪馬台国へお連れしましょう。父上も母上もどうぞ御心配なさらず、お達者でおすごし下さい」

とヒミコは答えた。

父は、安堵したかのように、

「そなた様もお達者で」

と応じた。

父も、祖父が亡くなり一族の柱として心労が絶えないようである。頭に白いものが目立ち、すっかり壮年の男になっていた。

III

纏向の宮

西暦二〇〇年、夏六月朔日《ついたち》、ヒミコ等一向の行列は、丹波国王の命により大和纏向《まきむく》の弟彦命の宮に入った。

この宮は、丹波の宮に比べるとまだまだ小さかったが、多くの宮室に、楼観や城柵が深き緑の丘の上に建てられ、なだらかな三輪山や巻向《まきむき》山麓の山容が見渡せた。その宮の中に、弟彦命は三人の妃と皇子平縫命《ひらぬいのみこと》等と住んでいた。三人の妃は姉妹で、姉は初瀬姫、まん中の姫は瀬理姫、末の姫は廣瀬姫と呼ばれていた。三人とも、容貌は麗わしく、立ち居もきびきびしていた。

父王の命もあり、弟彦命は大和纏向の勝山《かつやま》にヒミコのための宮を完成させていた。そこには薬草院も併設され、ヒミコに従って来た者たちもすぐ仕事につくことができた。この土地は災害も少なく、生活が安定しているせいか、土地の民は心穏やかでやさしいようだ。邪馬台国は、そんな温柔で人なつっこい民の美しい豊かな国であった。

同じく、この宮からさほど遠くない所に、ニギハヤヒノ命が河内を中心に勢力を張っていた。後の物部氏の始祖である。『旧事紀』での正式な御名は「天照国照彦天火明櫛玉饒《あまてるくにてるひこあめのほあかりくしたまにぎ》速日命《はやひのみこと》」といい、アマテラスとスサノオのウケイによって誕生した天忍穂耳命《あめのおしほのみみのみこと》を父に、栲幡千千姫《たくはたちぢひめ》を母に生誕したとされている。

ニギハヤヒは、河内《かわち》国河上の哮峯《いかるがみね》を拠点とし、布留川に沿いこの地を治め、やはり邪馬台国の有力族長の一人である長髄彦《ながすねひこ》の妹御炊屋姫《みかしきやひめ》を妃としていた。弟彦命は、この遠い親戚にあたるニギハヤヒや長髄彦と円満に交流して、狗奴国との争いがなければそれこそ理想の地であった。

邪馬台国の産物として特筆されるのは、葛城山一帯で採取される天然の丹《に》の鉱脈である。丹は辰砂《しんしゃ》とも呼ばれ、顔料や塗料の原料としてなくてはならないものである。丹が豊富であるため、この国の人は、身体に文身《いれずみ》をいれる風習があった。

そして大和纏向は、纏向川を下り大和川（初瀬川）から河内潟に入り、難波津から瀬戸内海に通じ、吉備国から伊都国に通じる交通の要所でもあった。

また、山の辺の道は木津、山城、近江への交通の起点ともなり、宇陀を抜ければ紀ノ川沿岸へと至る。

纏向川を遡行し、大和高原より尾張に行くこともできる。つまり、瀬戸内、近江、東海、紀の川へと通ずる交通の一大拠点でもあったこの地は当然交易が盛んで、この交易や丹の存在が邪馬台国をより豊かな国にならしめていた。国内の治安も良く、盗みの心配も少なく、活気のあるこの国は、ヒミコたちにとっても暮らしやすかった。

しかし、ヒミコたちはすぐに丹波にいた頃のように多忙となる。

ヒミコの宮に併設された薬草院が予想以上の盛業となったからである。大衆の心をつかんだ病気治しの名人ヒミコと薬草院の名は、交易ルートを通じ、たちまち大和から遠方へと伝わり、遠く瀬戸内海上の明石、淡路、播磨、吉備の方面から人々が訪れた。瀬戸内海からの交易船のなかには、貴重な鉄器や銅、食料とともに病人を乗せてやってくる船まであった。

ヒミコに薬草や治療を教えた巫術の師葦真訓や牛利たちは、仙人のような道服を着て、かつての許氏の宗教団体の重鎮であった時のように熱い血潮を復活させていた。彼ら漢民族は、ここ邪馬台国において病気治しをきっかけに人の波を呼びこみ、ヒミコの元で根をおろしていった。真訓の仲間たちは、彼を頼ってアリのごとく邪馬台の地に集まり、そしてヒミコを崇敬するようになっていたのである。

異界の恋

神殿での祭、王や豪族たちへの神意の取次ぎ、そして病気治しと遠く邪馬台国へやってきてからもヒミコは多忙な毎日を過ごしていた。

「ヒミコ様、病気治しは葦真訓たちに任せ、少しお休み下さい」

糸路はヒミコの身を案じ、ときおり体を休ませることを助言した。

「いえ、妾は若いから大丈夫」

ヒミコはいつもそう答えた。

神に仕える身とはいえ、ヒミコは十八歳の美しい乙女となっていた。大和の山里には薄《すすき》の穂がさらさらと揺れ、涼風が吹く秋九月。ヒミコの宮の庭にも秋の草花が一面に咲き始めた。仄《ほの》かな黄色の月見草、可憐な女朗花《おみなえし》、青紫の山竜胆《やまりんどう》、そして色とりどりの小菊の花々……。

ある晩、鋭鎌《とがま》のような三日月が出ているなか、ヒミコの宮の中庭に、見たことのない気品のある若者が立っていた。澄んだ目をした美しい若者は、立派な太刀を佩《は》き、みずらに髪を結い、胸にはヒスイの勾玉《まがたま》をつけている。

紅白の衣と金色の立派な太刀が、月の光にうっすらと見え、ヒミコを見て人なつっこい笑顔を見せながら、

「ヒミコ様の名声をうかがい、三輪山の向こうからやってきた白彦と申す者です。途中、道に迷い夜になってしまいました。驚かせてすみません。今宵は美しい三日月、その月に誘われて宮の中まで入り込んでしまいました。失礼のほどお許し下さいませ」

と若者は礼儀正しく深々と頭を下げた。

(何と美しい若者であろう、形の良い黒々とした形の良い眉、深く長いまつ毛に囲まれた美しい瞳、形の良き鼻筋、優雅な口許はさわやかでその微笑は匂うよう。こなたは人か……)

ヒミコは若者との出会いの喜びに思わず口許をほころばした。

「ヒミコ様の名声があまりにも評判だったので、こんな若い巫女さんだったとは思いませんでした。まだ少女のようにあどけない貴女がお仕事とはいえ、いつもそんな真っ白な着物ばかり着て神へ祈られているのですか」

「ええ、白い着物は神に対する決意表明なのでございます。これはこのまま死に装束なのですから」

「死に装束……。なにゆえ死に装束など着るのでしょう。穏やかではありませんね」

若者は不思議そうな表情でヒミコを見つめる。切れ長の目許には気品があり、うっとりするような綺麗な眼差し。若者には人の魂を魅了するような個性があった。

ヒミコは上気して頬を紅くしながらも表情をひきしめて言った。

「仕方ありませぬ。巫女は神に身命を投げうって仕えねばならぬもの。つまり、神にわが身を預けるのです。もし、神の意に背《そむ》いたならば命を持っていかれます。背いた方が悪いのですから。だからいつ身罷《みまか》ってもいいように死に装束を着て身を清め、神に、自分のはっきりとした意思表示をしているのです」

「そうでしたか……。あなたの仕事も大変なのですね……。今宵は良きお話を伺いました。礼を申しあげます」

そう言い残すと、貴公子は三輪山の方へ消えていった。

ヒミコは、その晩なぜか寝つけなかった。胸がしめつけられるような熱いときめきを覚えたのである。一目会っただけの若者なのに、その身振り、立ち居振る舞いが強く心に残っている。

「ひょっとして、これが恋?」

ヒミコは恋というものを知らずに育った。宮廷のなかで巫女の修行、鬼道や薬草学の修得のため、それどころではなかった。

次の晩も、その若者は月明かりの下に佇《たたず》んでいた。

「ヒミコ様、私と一緒にキツネの嫁入りを見に行きませんか」

「キツネの嫁入り?」

ヒミコには何のことかわからなかった。

「キツネの婚礼の行列のことですよ。さあ早くしないと見られませんよ」

若者にせかされて、ヒミコは若者の後に従って歩き始めた。

「さあ、ここならよく見えます。あの山の尾根のあたりを良く見てて下さいね。そろそろのはずです」

白彦に言われるまま、ヒミコは宮の近くの見通しのよい丘の上にいた。

やがて分水嶺の高い所に、キラキラと無数に光る行列のようなものが見えはじめた。

「ヒミコ様、あれがキツネの嫁入りです。今夜はキツネの婚礼の晩なのですよ」

と白彦は説明した。

それは幻想的な光の光景であった。

白彦は、ヒミコを宮へ送ると、

「それではゆっくりとお休みください」

とだけ言い残して、夜の闇の中に消えていった。

不思議と鳥や獣の声がいっせいに止んでしまい、梟《ふくろう》や山犬の泣き声すらしない、静寂な夜更けを迎えた。ヒミコは、まだ眠れない。あの方はどなたであろうか、と気になっていた。


翌日は、朝から冷たい秋の雨が降っていた。うすら寒い日である。ヒミコは、昼間の祭祀の疲れから早く床についていた。

夜更けに人の気配を感じ、

「どなた」

と語気も強く聞いた。

「白彦です。夜更けにすみません」

ヒミコが眠そうな目で宮の帷《とばり》を開けると、庭にびしょ濡れになった白彦が立っていた。

「このような雨の中、どうなさったのですか」

「ヒミコよ。私の気持ちがまだわからぬか。どうしてもそなたに逢いたいのだよ。私の体は雨にあたってこんなに濡れてしまったが、雨が降ろうが雪が降ろうが、逢いたいという気持ちは抑えられぬのだよ」

雨に濡れた白彦はそれこそ水もしたたるばかりの美男である。このままでは風邪をひいてしまうと思ったヒミコは、咄嗟《とっさ》に麻の布を若者に差し出した。

「かたじけない」

と言いながら濡れた布をヒミコに返した。

その時だった。

若者の手がヒミコにさわった。

そして突然二人は夢の中の甘美な淵にいざなわれたようにごく自然に結ばれ、寝所を共にした。

「ヒミコよ。そなたは私の妻ぞ」

「白彦様」

ヒミコはしばし、自分が神に仕える巫女であることすら忘れてしまった。そして嬉しそうに白彦のたくましい胸に顔を埋めて甘えた。若者の双眼が妖しく光ることにも気付かずに……。

その日より、若者は毎夜ヒミコの所にやってきては、朝になると朝靄《あさもや》の中に消えた。

いったい、あの方はどこのどなたなのだろう。なぜ、夜しか来てくださらないのだろう。

ヒミコはやがて若者がどこの宮の者なのかをどうしても知りたくなった。

ある朝、ヒミコはこっそりと若者の後をつけてみようと思った。

中秋の名月が過ぎ、薄ぼんやりとした朝もやの中、ひんやりと肌寒い秋風が立ちはじめていた。

立派な若者は、歩く姿も雄々しくゆったりと三輪山の方へ向かった。三輪山に入って登っていくと、以前より主《ぬし》が住んでいるという言い伝えのある滝の方へ歩いていくようだ。

山道は段々と細く険しくなる。川の流れる音と滝の水しぶきの音が近づいてくる。山の松の木の間から、ゆっくりと朝日が顔を出している。

ヒミコはそこで思わぬ光景に出会ってしまった。そこにはもうあの若者の姿はない。

なんと！

とぐろを巻いた純白の大蛇が、昇ってきた朝日を浴びながらゆっくりと滝の中に帰ろうとしていた。

美しい白蛇である。不思議と恐怖感はなかった。

主だ！

この白い大蛇こそ三輪山の主「大物主神《おおものぬしのかみ》」であった。

主は、ヒミコの方を振り向くと、

「ヒミコよ。正体を見られてしまった以上、私はもうそなたの所へは通えない。短かったが、そなたとの日々は楽しかったぞ。礼を言う。だが異界の恋の掟で、正体を知られた以上、ヒミコよ、そなたは半分は神の世界、半分は蛇の世界に生きねばならぬ。そなたに何か事があれば国中の蛇を集め、そなたを助けに行かせよう。そのために今よりこの三輪山にも、巻向山にも葛城山にも岩の洞窟を作り外敵に備えよ。地下洞窟さえ作っておけば必ず役に立つ日が訪れよう。ここ大和から飛鳥《あすか》は、『つのさはふ飛鳥』となるはずじゃ。ではヒミコよ、達者で暮らせ」

大物主神はゆっくりと滝の中に消え、山の木々も草もそよとも騒がず沈黙の時が流れた。

ヒミコは、我が身に起きた許されぬ「異界の恋」に胸が痛み涙が溢れ出た。

「バカ、バカ、なぜ妾だけがこんな出会いをせねばならぬ！　美しき貴公子に灼けつくような恋をした妾は天下一の大馬鹿者だわ！」

それからヒミコは自室にひきこもった。全身の血が逆流し、残酷な恋の結末に身をよじらせて泣いた。そしてあまりにも絶望的な恋に堕ちた我が身を呪った。

王　妃

ここは弟彦命の宮、秋だというのにこの日は朝から薄暗い。

弟彦命の妃、初瀬姫が懐妊し、臨月に入っていた。初瀬姫は、三人の妃の内で一番弟彦命に愛されていた。妻同士が姉妹であったため、夫との仲もむつまじく、王子平縫命《ひらぬいのみこと》にも恵まれ、初瀬姫は幸福な女性であった。

しかし、今度の懐妊は皮肉にも命取りになってしまった。夏風邪をこじらせたまま秋になり、めっきり身体が衰弱したのである。妹たちの必至の祈りもむなしく、初瀬姫は死産の上、産褥《さんじょく》の床で他界した。

弟彦命は、幼い王子と共に愛妻の死を悼み、寂しい日々を送っていた。その誄《しのびごと》や魂しずめのミタマフリのために、久しぶりにヒミコは弟彦命の宮に出向いた。

葬儀のあとも、何度となくヒミコは魂しずめの儀式のために弟彦命の宮に通った。ヒミコの鎮魂の呪力により弟彦命も落ち着きを取り戻していた。

大和の平野部の稲刈りが終わる頃、近江の方向より戦火が立ち昇った。

弟彦命は、ただちに重臣たちと会議を開いた。

狗奴国迎撃の責任を負っているのは、弟彦命の下で将軍になったばかりの難弁米である。

難弁米の行動力と逞しい肉体、明晰な頭脳はたちまち弟彦命の信頼を得るところとなっていた。

ヒミコ一行とともにこの地に来てまもなく難弁米は妻を持った。尾市という大和の豪族の娘で、この父の一族も難弁米の率いる軍へいつでも馳せ参じるようになっていた。

弟彦命の側には、幼少の頃から忠実に仕えてきた重臣の麻彦が控えている。

麻彦が進言した。

「このような軍議の時に申してなんですが、王に正妃のいないのもどうかと思われます。ヒミコ様を巫女としてではなく正妃としてこの宮室に迎えられてはいかがでございましょうか。たしか、この話は弟彦命様の父君、丹波国王様もお望みだったと聞いております。それに、お子様も平縫命王子お一人ではお淋しい限りです。それに、いま狗奴との戦いがはじまる時なればこそ、ヒミコ様をお迎えすれば戦意も昂揚するというものではございませぬか」

「しかし、麻彦様、お二人の妃とヒミコ様はうまくいきますのでしょうか。二派になって火花でも散らしたら、それこそ国の乱れるもととはなりませぬか」

他の重臣が懸念を示した。

「それは心配御無用かと。ヒミコ様は賢い。上手くやっていかれるでしょう。あとは、神に仕えるヒミコ様をいかに説得してこの宮に来ていただくかです。婚姻の申し入れは爺の仕事。審神者の糸路様よりヒミコ様に聞きわけて頂くよう頼んでみます」

麻彦爺は、軍議よりも婚儀を決めることに夢中であった。

ヒミコは、糸路からこの宮廷側からの申し入れを聞いた。確かに、今や王よりも権威のあるヒミコが王の妃になるというのも、政治的には自然の成り行きであったし、断ってしまうとそれこそ国のなかに二つの中心があるようで余計な波風が立ちかねない。

しかもヒミコには、三輪山の主との人知れぬ秘密があった。そのことを思うと恥ずかしさと共に、巫女であるべき身を汚した罪の意識があった。

弟彦命にはすまぬような気もしたが、この縁談は、渡りに船である。汚れた身でこれ以上神に仕えては、神への冒涜《ぼうとく》になるだけではないか。

「ヒミコ様、弟彦命はあのように優しいお方。思慮、分別にも富まれ、ヒミコ様をことのほかお気に召しておいでとのこと。正妃になられるのもよいお話かもしれませんよ」

と糸路も薦《すす》める。

ヒミコは笑みをうかべ、

「それほどまでに仰せなら、喜んで弟彦命様の妃になりましょう」

ヒミコは、琴を弾きながら糸路の薦《すす》めに従った。その返事に糸路ははたと手をつき平伏して言った。

「それはようございました。これで丹波国王様も弟彦命様もどんなにお喜びになることか。妾もヒミコ様のようなお方が生涯夫も持たず神のみに仕えるのは少々酷な定めと案じておりました。ぜひとも正妃になられ、この邪馬台国の繁栄をお二人で築かれることを心よりお願い申し上げます」

数日後、纏向の宮では、慌ただしく弟彦命とヒミコとの婚姻の儀が挙行された。戦争が近づいてきたためである。

狗奴国は、出石盆地の干拓で勢力を拡大した国である。出石王朝の始祖は天日槍命であり、当時は狗古智彦《くこちひこ》（卑弥弓呼《ひみくこ》）を王としているので狗奴国とよばれていた。その勢力は、当時より最強と言われた狗奴軍団を有していた。この軍団は、男軍・女軍に分け、それぞれ大量の武器を調達し、各部隊を編成していた。始祖天日槍命《あめのひやりのみこと》（日矛《ひぼこ》ともいう）は、新羅の王子であったが、船で播磨（兵庫県）に上陸し、宇治川を溯り、近江（滋賀県）若狭

(福井県)出石(兵庫県北半)を支配下に置き、出石王朝を築く土台を定着させた。『日本書紀』にも天日槍の従人は近江国の鏡村に居たとか書かれている。

卑弥弓呼は、大和国内にまで入り込み、弟彦命の宮からわずかの距離の地点まで攻め込むことも度々であった。

狗奴

数日後――

弟彦命と正妃ヒミコは、朝から深刻な表情で話し合っている。

「狗奴は、和平には応じそうもありませぬのか」

狗奴との戦いに負ければ、国が滅びぬまでも、まがりなりにも連合体制にある大和地方の諸国に対する弟彦命の影響力は低下し、さらなる争乱を呼び覚ます可能性がある。

「ヒミコよ。狗奴の王は策略家で、戦《いくさ》も強い。現に北方から何度も小競り合いをしかけてきたのは陽動作戦で、南の熊野方面から一挙に大軍で攻めかける準備をしておる。馬の上から弓矢を使い、剣を振り、精鋭の軍団を率いて連戦連勝で近隣諸国から恐れられている。わが国には左様な騎馬部隊はないし、なにかよき策ないものかと考えておるのじゃ」

弟彦命は渋い顔をしながらヒミコに言った。

「それほどの国が相手ではまともに戦えば、たとえ勝ったとしてもたいへんな犠牲が出ることでしょう。葦真訓が以前に話していた方法がございます。鬼道の一つなのですが……、本当に効果があるものかどうか」

ヒミコは自信なげに答えた。

「戦とは激流の中で川が裂けるがごときものよ。数多《あまた》の兵士が屍となり、その血で川の水も赤く染まるほどじゃ。狗奴国は兵の数も多く、武器も武器庫にぎっしりと保管されておるそうじゃ。そなたのいう鬼道の一つとは、どのような戦法なのか。わしは藁にもすがりたい思いなのじゃ」

と弟彦命は真顔で訊いた。

「毒薬でございます。鳥兜《とりかぶと》の根や毒空木《どくうつぎ》と申す木には猛毒が含まれております。毒空木の汁を搾り、これをうんと濃く煮詰めて、その汁を矢に塗るのです。その矢を受ければ、たとえ傷そのものは軽くとも、たちどころに全身に毒がまわり、死ぬるそうでございます」

「うーむ、さすがヒミコじゃ。これならば勝てるかも知れぬ」

弟彦命は、最新兵器に賭けることにした。緩衝地帯の小競り合いで捕虜になり連行されてきた狗奴国の元兵士数名が実験台となり、その効果が立証された。老人や女、子供まで動員して大量の弓が作られ、多数の水壷には毒汁が搾られ貯められた。また、射手の訓練がなされ、これもヒミコの提案で、前後三列にならんだ射手が交代で間断なく矢を射る戦法が考え出された。

狗奴国王・卑弥弓呼は、琵琶湖畔、現在の近江八幡からこの頃さらにその勢力を拡大し、海上ルートで熊野地方にまで侵入し支配下においていた。いまも熊野の山中には「猪垣」とよばれる全長六〇キロ以上になる石垣がある。江戸時代に猪から田畑を守るために築かれたものだというが、そのような記録はなく、一説によれば古代の山城ではないかともいわれている。

『魏志倭人伝』に、

「邪馬台国の南に狗奴国ありて、男子を王と為す」

と記されているのは、この熊野にあった狗奴族の分国のことである。

また、

「南、投馬国《とうまこく》に至るには水行二十日なり。官を弥弥《みみ》と言い、副を弥弥那利《みみなり》という。五万戸なる可《べ》し。南して邪馬台国に至る。女王の都する所なり。水行十日、陸行一月なり。官に伊支馬あり、次を弥馬升《みましょう》といい、次を弥馬獲支《みまかくき》といい、次を奴佳鞮《ぬかてい》という。七万余戸なる可し」

ともあり、この投馬国は日本得魂王が支配する丹波国のことである。南は現在の丹波地方の一部、東は若狭湾から西は但馬国の一部、そして丹後半島と広範囲の領域を占めていた。

このように当時の列島の勢力はかなり入り乱れていたようである。

狗奴国はしきりに北方から大和に侵入を繰り返していたが、これは弟彦命のいうように巧妙な陽動作戦と投馬国の動きを牽制するためで、大和攻略の主力部隊は熊野に移されていた。

狗奴の軍勢は、熊野から吉野を経て弟彦命の宮殿よりわずか一里半程の栗原川に沿って陣を布いてきた。彼らは夜襲放火を得意の戦術とする。

弟彦命は名部隊の長や重臣たちとともに軍議に入った。難弁米が、良く透る声で進行役をつとめている。

「いよいよ決戦である。各部隊の長は、かねてよりの手はずの通り戦って頂きたい。男軍、女軍ともに手柄を立てた者には弟彦命様より出世の道が約束されておる。その旨各部隊に伝えられよ」

「ははーっ！」

部隊長たちの返事が揃って響きわたる。

重臣の一人が提案した。

「夜戦になるか、朝になるか、昼になるか、三通りの展開が考えられます。時間があれば、敵の火の攻撃を避けるため、山中に岩の洞窟を作り、隠れて戦う方法をとるべきです。もし今回の戦いに勝ち、敵国の生口（奴隷のこと）が得られましたなら、山の工事を生口にやらせることができるでしょう」

弟彦命がそれに賛同する。

「良き案じゃ。地中の岩の洞窟は、余もかねてより考えておった。生口を捕らえたら早速工事にかかろうぞ。そのためにも今日は絶対勝たねばならぬ。ヒミコの予言でも必ず勝てると出たそうだ。皆の者、出陣じゃ！」

弟彦命の決意表明により、各連隊長からは鬨《とき》の声が湧《わ》きあがった。

冬が近づいている。

陣営から前線までわずか一里半（六キロメートル）。茫々たる野草を分け進み、邪馬台国の歩兵隊は栗原川近くの小高い丘の上に陣営を置いた。兵たちは十分な食事をし、眠りについた。

晩秋の月だけが澄みきった空に煌々と輝いている。陣には、いくつかの松明《たいまつ》が灯された。風もなく、周囲を取り巻く山から獣の声だけが時折聞こえる。兵たちはぐっすりと寝込んでいる。まだ夜は明けない――しかし、こちらに向かって沢山の赤い炎の点がゆらゆらと近づいてきた。

突然、陣営の馬が鳴き出した。敵の攻撃隊が、案の定、奇襲を仕掛けてきたのである。

決戦の火蓋は切って落とされた。銅鑼《どら》が鳴り響き、作戦通りに弓兵たちは一斉に何列にも並び次々と毒矢を放った。

松明の灯の中、毒汁がたっぷり塗り込められた矢尻は、無気味に光りながら敵兵めがけて次々と放たれていく。盾で胸を守っても敵の兵士たちには所かまわず猛毒の矢尻が雨のように容赦なく放たれていた。

毒矢には恐ろしいほどの効力があった。敵兵は苦しそうに口を引き結び、鼻で息をしながら次々と倒れていく。屍の山があちこちに築かれ、敵の壊滅は近かった。

生き残った敵兵も、もはや攻撃を仕掛けてくる気力はなく全員が捕虜となった。その日勝ち戦となった邪馬台国の陣営には、山と積まれた食料や酒が運びこまれた。兵士たちは誰もが顔をほころばせ、全軍の指揮をとった弟彦命も一緒になって、久しぶりに勝利の美酒に酔っていた。

落　星

大和の冬は寒い。

冬の間だけは降雪もあり、戦《いくさ》はなかった。

ヒミコは、二十歳になっていた。しかし、美しい横顔には不安の相があった。次なる戦の予感である。弟彦命は、それに気づかず、束の間の平和を楽しんでいる。

危ういところで局地戦に勝利をおさめたものの、こちらから熊野や近江に攻め込むだけの戦力はない。敵はあまりにも強大であり、長期戦が予想された。つぎからは敵も当然、毒矢には警戒するはずである。

ヒミコの進言で、山の中腹に岩窟を掘り、防御のための地下要塞を築きつつあった。もし狗奴国の侵攻を阻止できない場合には、むしろ敵を深く誘い込む一方で、主力は地下要塞に退却し、油断した敵を一挙に殲滅する作戦である。雪のない日はそのための基礎工事を生口たちにやらせていた。

この地下要塞の予定地として、
山の辺の道に沿って——岩屋、穴師
三輪山に——上岩坂、下岩坂
吉野山に——井戸、岩壷
葛城山に——穴虫、岩橋
の八つの地が選定され、生口たちを用いて工事が進められた。
三カ月もすると、穴師に中規模の岩の洞窟が完成した。中には石舞台まで用意されている。弟彦命とヒミコはその中に入り、これならばいかなる敵の目もごまかせると、大いに自信を持った。

大和の山々は新緑の候となり、木々も草の花々もそよそよと騒ぐ。そんな時——

ヒミコの不安が適中した。

今度は、狗奴国に負けず劣らず戦闘的な鳥奴《うぬ》国との緊張が高まってきたのである。鳥奴国は山間の小国であるが、それゆえに邪馬台の豊かさに目をつけていた。彼らとしては、なんとしても肥沃な平野と水利が欲しい。

偵察の兵によると、鳥奴国の兵士たちは全員が藤の甲冑《かっちゅう》を着用し、しかも身軽に山を駈け小川を跋渉するという。

この国といかにして戦うか軍議が開かれた。

問題は藤の甲冑である。邪馬台国には、藤の甲冑などなかったからである。

「藤の甲冑とはいかなる物ぞ」

弟彦命が問いかけると、葦真訓はおごそかに答えた。

「おそらく自生の山藤の蔓を枯らし、それを編み込んで作るのでしょう。非常に軽く、弓や刀の刃が立ちにくいと聞いております。そのために、それを身につけた兵士たちは、自信を持って戦いに挑めるのです」

弟彦命は動揺した。それはこの場に居合わせた重臣たちも同じ思いである。

「それでは、鳥奴国の兵どもには毒矢なぞ役に立たぬではないか。誰ぞ策はないか」

物見の報告によれば、鳥奴国の軍勢はおよそ三千ばかり。これも思ったより大軍である。

動員可能な兵員は、邪馬台国の方が千名ほど多いが、問題は装備の差である。邪馬台国の兵士は甲冑を持っていない。ウサギやシカの毛皮を張り合わせ無造作に着用しているだけである。

毛皮なので雨にも水にも弱い。まして、楯や長い剣を握っている兵士たちにとって、身が軽い方が楽である。だから、暑い時にはそれすら着用しない。まともにぶつかれば圧倒的に不利である。力押しでたとえ勝ったとしても損害は甚大なものになる。

なにか敵にひと泡吹かせるような算段はないものか、軍議は延々と続いたが、これといった名案もないまま時間だけが過ぎてゆく。隊長たちの顔も前日までの闘志満々の顔つきが嘘のように冷めていた。

夕刻になり、軍議の部屋には食事が運び込まれ、重臣たちには酒がふるまわれた。暗い板張りの部屋に、女官たちが二、三か所灯《あかり》を点《とも》している。

その火を見て、とっさに難弁米が、

「これだ!」

と思わず膝を叩いた。

「火だ。火攻めの策があるではないか。藤だの蔓《つる》だのいってもしょせんは木だ。木は何に弱い? 火に一番弱いのではないか。燃えてしまえば元も子もあるまい」

「なるほど、さすが難弁米殿じゃわい」

重臣たちもこの案に賛成し、酒の勢いも手伝ってたちまち騒がしくなった。この名案が兵士たちに伝わり、寸時の間にどよめきが走った。

その間にも、邪馬台国の東側にある鳥奴の軍は、早くも月ヶ瀬に迫っていることが、物見からの報告で判明した。邪馬台軍は明朝未明に進発し、宇陀の笠間峠に布陣することに決定した。

夜の静寂の中、ヒミコは一人薄闇に包まれた神殿の中で神に祈りを捧げていた。糸路が一人、灯を持って内部にやってきた。

「ヒミコ様、お休みにならないとお体に毒ですよ」

ヒミコの美しい顔が、神殿の中でおぼろげに照らされている。

「糸路、鳥奴との戦には勝てましょう。でも……」

大きな黒目が今にも泣かんばかりの様子である。

「どうかなさいましたか」

糸路は前に進み出ると心配そうに聞いた。

「不吉な予感がしてなりませぬ。それに神は妾が弟彦命様の妃になったことを怒っていらっしゃいます。そもそも妾のような巫女は神の妻、人に身を任せること自体許されなかったのではなかろうか。禁忌《きんき》を侵した妾の罪はこの上なく重い。そう思うと弟彦命様にも申し訳のうて」

静寂の中に、二人の話し声だけが忍びやかに響いた。

「妃になるようお薦めしたのは糸路でございます。もし神がお怒りになろうとも、咎《とが》は糸路に降りかかるのが物の理《ことわり》、弟彦命様には及びませぬとも。しかも、巫女から妃になった女性は大勢いらっしゃるではありませぬか。そう深く思いつめなさらずとも……さあ、さあ夜も更けてまいりましたので、お休みになられませ」

糸路は、強引にヒミコを寝所に送った。

翌日、宇陀の笠間峠で両軍は激突した。

邪馬台軍は、あらかじめ用意した無数の投げ松明《たいまつ》と火矢を、敵兵めがけて雨のように次々と放った。

この予期せぬ火攻めに、鳥奴国軍兵士は火焔の中を潰走した。笠間峠の猛火は、灼熱の火焔地獄となって襲いかかった。凄まじい熱風に兵士たちは先を急いで逃げ、逃げおくれた者は皆無残な焼死体となって重なりあった。

焦熱の限りを尽くした烈火とともに鳥奴国は亡んだ。

紅蓮の炎がおさまって戦場を引き上げようとした時、どこに潜んでいたのか敵の伏兵が馬上の弟彦命めがけて矢を射った。

矢は肩の骨にまでささり、隣にいた難弁米が素早く矢を抜いた。鮮血を散らしながら、傷ついた体を横にしたが、あまりにも出血が多く、従軍していた葦真訓の部下にも手の施しようがない。

「ヒミコ様に早馬を！」と言う難弁米を制して、弟彦命は話した。

「難弁米よ、ヒミコに伝えてくれ……。死んでいこうとする者の眼だからこそわかることもある。邪馬台国を……このわれらが邪馬台の国を頼んだぞ……。ヒミコならきっと治められる。難弁米よ、そなたはヒミコとは幼馴染だ……。ヒミコの力となり、ともに邪馬台の国を守ってくれ……」

難弁米は頷き、弟彦命をしっかりと両腕に抱きしめた。

弟彦命は、難弁米の胸の中でその若き生涯を終えた。

難弁米は、弟彦命の最期を看取ると重臣以外には彼の亡骸とわからぬように一台の荷馬車に乗せ、草をかけて急ぎ哀しみの帰還をした。

ヒミコは、ただちに喪屋を作った。

喪屋の中には、若くて美しい高貴な顔立ちの夫が、眠れるように横たわっている。

わずか一年少々連れ添っただけだった。彼女は、その夫の前に七日七晩つきっきりで泣き通した。涙とはこんなにも溢れるものなのかと思うほど、次から次へ瞳を濡らし、やさしかった夫に哀惜の念を抱きながら、黙々と一人涙の日々を送っていた。

連合国家

ある日、弟彦命の弔問のため、纏向の宮へ物部族の王ニギハヤヒがやってきた。当時の大和地方には、葛城《かつらぎ》、平郡《へぐり》、物部《もののべ》、磯城《しき》、大伴《おおとも》、三輪《みわ》、蘇我《そが》、和迩《わに》の八王があり、これに弟彦命を加えた九カ国の連合体制で、弟彦命がその首長になっていたが、物部族はこれに次ぐ実力を誇っていた。

物部族は銅鐸《どうたく》祭祠で知られていたが、その日ニギハヤヒは、哀しみにくれるヒミコのために一個の銅鐸を持参した。ヒミコは、生まれてはじめて銅鐸なるものを見て、その神秘的な色と輝き、そして不思議な音色に強く魅力を感じた。銅鐸を振ってみるとその音色は優しく響く。細い線でトンボの絵が描かれている。

「ヒミコ殿、いかがですか。この銅鐸は、我が一族の伊福部に作らせてまいりました。銅鐸は、これでもって土地を鎮め、人間の霊魂をも鎮めまする。弟彦命殿の鎮魂のために、お役に立てば幸いでございます」

大人の風格と威を備えたニギハヤヒは、ヒミコが気に入ったらしく、

「困ったことがあれば、なんでもご相談ください」

と厚意を示した。

ヒミコは少しほっとした。少なくとも烏奴《うぬ》国を落したばかりのこの国を手に入れようとする野心はなさそうだったからである。大和の諸王は友好的とはいっても、それぞれに利害があり、いつ誰がこの国を狙っても決しておかしくはなかったのである。


まもなくこの纏向の宮で、大和の八王たちとの会議が開かれる。

この八王と弟彦王はつねに平和を誓い、ゆるやかな連合体制を組み、いちばん実力のある弟彦王がその首長の地位にあった。従って、この纏向の宮の後継者をどうするかという問題は、たんに一国の問題ではなく、大和諸王の了解を得なければならなかった。そのための会議であった。

早朝より、纏向の宮には招かれた王たちが次々に到着していた。王たちは、髪をみづらに結い、青玉や紅玉の頚珠を飾り、立派な高麗剣を佩き、ゆったりとした白麻の衣に身を包み訪れた。

初夏の光が眩しい正殿は、あわただしい朝を迎えていた。

人懐っこい笑顔をふりまいて、難弁米が各国の王たちを広間に案内している。

白木の丸太を組み合わせた大広間には天幕が張られ、正面奥にはヒミコ以下、弟彦命の弟王・安日彦《やすひ》、今年十五歳になったヒミコの弟 海彦など、身内の者が坐している。

王位の継承候補は、弟彦命の長男・平縫命か、弟の安日彦のいずれかであった。

平縫命様はまだお若すぎる——。

そのため、ヒミコは弟彦王の実弟・安日彦が王位を継ぐと発表した。

その時、三輪の王が、

「はて、ヒミコ様よ、なぜあなたが女王としてお継ぎになさらぬ。我らにとって、神の取次ぎは何よりも重要。この大和の国々は、太陽と水と稲を大切に祭る農人の国でございますぞ。太陽も水も稲も、すべては神の御意志のままであり、我等の力でなんとかなるというものではございません。その神の意志を知ることのできる力を持った方こそ王としてふさわしい、と吾は思いますぞ」

この三輪の王の発言は難弁米たち側近グループがヒミコにも諮《はか》らずに内々に根回ししたものではあったが、たしかに与論を反映していた。ヒミコの権威は薬草院の運営などを通じて、各王の王権をこえて民衆そのものにまで浸透していたからである。三輪の王の意見に、他の国々の王たちも口々に賛同の意志表示をした。

「しかし王たちよ。亡くなられたわが夫には、立派な弟王もおり、平縫命という王子もいる。二人とも天与の王として決して恥ずかしくない者たちでございます。妾は、軍のことも政治のことも未だうとうございますれば、とても王としての責任は全《まつと》うできませぬ」

ヒミコは、翳《かげ》りのある返事をした。

それまで瞑目していたニギハヤヒノ命が重々しく口を開いた。

「ヒミコ様の下にその補佐として正王と副王を置かれてはいかがかな。正王は安日彦殿、そして副王はこの連合国家にふさわしい実力者をお迎えあれ。我が縁の者で少々申し上げにくいが、長髄彦を副王としてやってはくださらないか」

この提案は、副王に纏向宮の外から長髄彦を迎えるという点に含みがあった。これまでのゆるやかな連合体制から一歩進んで合邦的な体制へと向かおうという含みである。そのためには、中心となる纏向宮が一王家のものではなく、大和諸王の政治機関となる必要がある。そのためにカリスマ的な女王のもとに二人の王を置き、一人は物部系から迎えようというわけである。

磯城の王がまず賛成した。

「ヒミコ様のもとに、長髄彦殿が副王になられることに吾は異存はござらん。軍の編制も邪馬台国としてひとつにしようではないか。そしてこの大和の地でまとまった我らの力で狗奴を降し、この秋津島根《あきつしまね》を統一しようではないか」

各国の王たちが忌憚なく意見を述べあうなか、敵意をむき出しにしないまでも素直に服従しそうもない面々もある。軍事権、外交権を統一国家に移譲する訳だから無理もない。

このような時は知恵袋・韋真訓の出番である。恭しく一礼して切り出した。

「恐れながら申しあげます。いつまでも小国同士で支えあっても限界がありましょう。狗奴国はまだしも、もしも朝鮮半島や中国大陸の大国が船団で攻めてきたらどうなさる。文化、交易、技術の導入と申しても、国があまりに弱小なら相手にもされませぬ。中国では、二十や三十の国々がまとまることは、しごく当り前のことです。これを機会に、ここにお集まりの国々が大きく一つにまとまり、お力をつけられるが得策かと存じます」

こうして大勢はニギハヤヒノ命の提案を受け入れる方向に傾き、王たちは、次々に恭順の意を示した。

衆議一決したところで、祝宴が張られ、山と積まれた食料や酒が運ばれた。

夕刻、王たちは、土産として用意された高価な絹布、白珠（真珠）、ゴボウラ貝の腕輪などを手に、それぞれの国へ戻っていった。

女王宣下

八月朔日。

早いもので弟彦命が戦死してから五十日が経った。

ヒミコは、亡き夫のために祭壇に夫の好物を供え、身内の者や重臣とともに、厳《おごそ》かに五十日の霊祭を執り行った。死後の霊に対し、大事なのは常世の国での霊格を高めるための日々の供養であった。

弟彦の霊は、ヒミコ等の前にスーッと立ったがまたすぐ消えてしまった。何も語らなかったが、生前の穏やかな顔で皆を見つめていた。その顔を見て、ヒミコは夫が常世の国で苦しんではいないということを確信した。

その翌日。夏の風が、草の香りを神殿まで運んできている。

ヒミコは、始源神・天之御中主神《あめのみなかぬしのかみ》と交流できる能力を持っていた。この最高神は、全身金色の光に輝いていているため、姿、形はうすぼんやりと不透明であるが、キラキラと目がくらむほどの黄金の輝きとともに現われる。そして静かで澄明な響きの声でヒミコに神示を与えてくれた。とは言え、それも例えば「勝つ」とか「生きよ」とか「治めよ」のように、たった一言か二言である。

朝の祈りの最中に、突然ヒミコに激しい霊動が襲ってきた。霊動とは、神が降りてきた時に身体に感じる波動であり霊威《みたまふり》のことである。

「邪馬台を治めることが汝の使命ぞ！」

と、はっきりと聞きとれる神の声がした。

その時、ヒミコの迷いはふっと切れた。妾は何を迷いためらっていたのだろう。弟彦命様が作られたこの国のために身を尽くすのが天命であれば、果敢にそれを引き受ける以外にないではないか。

十月朔日。

ヒミコの即位式が賑々《にぎにぎ》しく行われた。秋空は高くどこまでも晴れ渡り、邪馬台国の新しい門出を祝った。大和の諸王の上に君臨する女王の誕生である。

即位の大礼を一目見ようと近隣の国々から群アリの如く集まった民の数は、数千を超えていた。ヒミコの宮までの道の両脇には、威風堂々と手に持つ矛の光も眩しい兵士たちがぎっしりと立ち並び護衛にあたった。

葦真訓の知恵で、封禅の儀などを参考に、前代未聞の荘重な儀式が行われた。大和をとりまく山々の山神を降臨させ、それにヒミコが誓い、ニギハヤヒノ命が諸王を代表して、碧玉の玉杖を献上した。

翡翠《ひすい》の管玉《くだたま》を連ねた王冠を被り、眩《まばゆ》いばかりの純白の巫女装束に、やはり純白の薄絹の比礼をゆったりと着用したヒミコの両脇に、安日彦、長髄彦が控え、ヒミコは手に持った玉杖で、ひれ伏す譜代の臣や諸国の王たちの肩を軽く叩き、一同は臣従の言葉を述べた。

女王宣下の後の祝宴は、賑やかである。

大和の鳥見に宮室を遷した実力者ニギハヤヒノ命も、この日ばかりは豪快な笑いとともに、大きなお腹を苦しくなるほど肴を食し、美酒に酔い、上機嫌であった。正王になった安日彦と副王の長髄彦は、血を分けた実の兄弟のように意気投合し、酒壷の底を打ち鳴らしながら国の抱負を語り合った。

二人のヒミコ

ヒミコが女王になってから、十年の月日が流れた。

このころ邪馬台国は、防衛の目的で山中に多数の巨大な洞窟を掘り、積極的に大陸からの技術集団を定着させ、文化的にも高度な国を形成していた。

ある日のこと、大和の国、鳥見のニギハヤヒノ命の宮室に珍しい客人があった。

「兄上、お久しぶりでございます。はるばる筑紫の国より参りました」

「よくぞ参られた。どうやら一国一軍をあずかる王になったようだな。ニギギノ命よ」

「いやいや、邪馬台国における兄上ほどの活躍は何もしておりません。ただ筑紫は暖かいので、わが名の如く稲穂は豊かに賑々《にぎにぎ》しく実りまする。何しろ私の名は、天津日高日子番《あまつひこひこほ》能邇邇芸命《のににぎのみこと》ですからな」

「ハッハッハッそうであったな、弟よ。そなたの名なら確かに日は高く輝き恵み、稲穂豊かに賑々しく実り栄えようぞ。ところでおぬし、はるばる遠方に来たからには何ぞ目的があるのであろう。隠さんでもよい。この邪馬台国が欲しくなったか」

「いきなり何を言うのじゃ、兄者。吾は、この日の出の勢いの邪馬台国を見学し、国を治める参考にするまでじゃ」

「殊勝なことを言うが、王みずからの偵察か。まあ、ゆるりと見てゆくがよいわ。農民も技術者も交易の商人も、どんどん邪馬台国に移動してきておる。王室も奢らず常に自身を正すよう謙虚じゃ。女王のヒミコ様も、まるで今でも喪に服しているが如く人前には出ない。重臣の難弁米や葦真訓という男たちが政務を司っている。だからニギギよ。そう簡単に邪馬台は陥ちぬぞ」

ニギハヤヒノ命は弟ニギギノ命にそこまで言うと酒肴をすすめ、長旅の労をねぎらった。

兄弟の部屋には灯が燈され歓談が続く。

「しかしのう、兄者よ、大和の諸王が一つにまとまるについては、兄者の力が大きかったと聞く。兄者がなぜ邪馬台国を治めなかったのか」

「ニギギよ。吾が妃は、邪馬台国の副王・長髄彦殿の実の妹じゃ。吾と長髄彦殿は義理でも兄と弟だ。正王は、亡くなった弟彦命様の弟君の安日彦殿じゃ。吾はおぬしのように野心家でもない、こうしてやっと平和になったこの地での生活を楽しんでおるのよ」

「なるほど……しかし、兄者のお言葉とも思えませぬな。兄者のお力なら王たちを集めて煽動し、自らが新しき国の王となれましょうに」

「ニギギよ、そう回りくどく言わんでも良いぞ。おぬしの狙いは広大な農地と良く働く農民の確保であろう。そのために、はるばる海を渡って偵察とは御苦労なことじゃ。ここまで来なくても途中の安芸にも吉備にも良き土地はいくらでもあったろうに」

ニギハヤヒには弟の本音がいやというほどわかっていた。

「弟よ、吾らがこの地にやって来た時、この地の豪族、長髄彦殿に大変世話になった。妹の鳥見屋姫《とみやひめ》を妃にもらい、井光《いひか》氏、国栖《くず》氏、土雲《つちぐも》氏等とも協調してこの地で平和に暮らせるよう何かと配慮もしてもらった。邪馬台国は平和を指針とする連合国家なのじゃ。吾は、この国を誰にも侵略させとうない。たとえ、弟のニギギであろうともな」

「兄上、吾とて兄上の統治なさっている国を侵略しようとは思いませぬ。そもそも、吾にはこの地の者たちは理解できませぬわ。水銀の採鉱が仕事とはいえ井光氏は地下洞窟に住み、国栖氏も土雲氏も、防御のためか、寒さしのぎのためか、巨大な地下や地中に洞窟を作りそこで生活しているようではありませぬか。

吾より兄上の方こそ、国作りの時にさんざん恩義を売っておき、陰で権力を振るっておるのではありませぬか。考えてみれば、纏向宮は安日彦殿がお継ぎになるところ連合政権を作ると称して女王をたて、長髄彦殿を副王におしこまれた。さすが兄上よ。上手く取り込み、この地に入りこまれたものよ」

ニギギは、土器を手にしながら兄の顔を食い入るように見つめた。

「何だニギギ、その目は。滅多な戯《たわむ》れを申すでないぞ。ヒミコ様の擁立は、難弁米ら丹波から乗り込んできた重臣連中の思惑もあったが、諸王が協議の上決めたことよ。もちろん、吾も一肌ぬいだがな。女王の後ろには葦真訓という中国の鬼道の大家がついておる。その葦真訓は数百人の漢人を率いておる。霊薬だの大麻酒だの、倭国の人間が思いもつかなかったような知識や病気治しで、女王は民人からは生き神様として崇められておる。彼らは女王の命令はすべて神のお告げと信じ、身命を惜しまずに従っている。吾はそれを見てとてもかなわんと思ったわい。いくら我らは天神族だと誇りを持っても、吾は神懸りでもないし戦《いくさ》にそう強いわけでもないからのう」

と大きなお腹をかかえて笑った。

「ところでのう兄者、吾は不思議に思うことがあってのう。こちらの女王もヒミコとおっしゃるのか？　兄者はご存知であろう、我らの祖母天照大神《あまてらすおおみかみ》様がまだお若かった頃、日向の国では予言者比美子《ひみこ》様と呼ばれていたことを……。祖母は、天から『そなたは日の化身、太陽そのものの貴いお方、世に比類なき神よ、比美子』と言われたとか」

「それは知っておるとも。おぬしが、そのお婆さまから『ニギギよ、豊葦原の瑞穂の国へ下り治めなさい。全ての物は、神の命の現れ、神の恵みであることを知らせて、皆がよろこび幸せに暮らせるよう努めなさい。天神《あまつかみ》の子孫を中心にする国は、天地の道筋にかなっていますから、天地が永遠に続くと同様、永遠に続くでしょう』と仰せになり、八尺《やさか》の勾玉、八咫鏡《やまたのかがみ》、八岐の大蛇の尾にあった草薙剣《くさなぎのつるぎ》という三種の神器を授与されたこともな。じゃから吾は日向の国はおぬしに譲り、この地に参ったのよ」

「兄者は左様に言われるが、あの頃の筑紫の国は戦乱と干ばつが続き、吾は大和に向かわれた兄者がうらやましくてならなかった。瑞穂の国を治めよと言われても、豊の国一つにしてもまとめるには大変な苦労であった。だが兄者よ、できることなら吾は兄者と力をあわせ天神族の国をもっと大きくしたいのよ」

そこまで言うと、ニギギノ命は長旅で疲れたのであろう。酔いが回り、その場で鼾《いびき》をかきながら寝てしまった。

夜の光が、酒の入った白い瓶子《へいし》と土器《かわらけ》をやさしく包んでいた。

邪馬台の花

その頃、大和纏向では勝山の山中、老木茂る地に石垣を巡らせた建固な邪馬台城が完成していた。

ヒミコは、正王の安日彦、副王の長髄彦等とともに、邪馬台城の中で祭政一致の女王として君臨し、安日彦、長髄彦は軍事力の増強に心血を注いでいた。

他国からの移民たちのなかから、希望者は厳しい訓練を経て邪馬台国直属の兵士に取り立てられ、衣食住を保障された。彼らはみずから「邪馬台の子」と称し、大いに誇りを持って団結し、強固な親衛部隊がつぎつぎと誕生した。

邪馬台城には、数多の地底洞窟が縦横無尽に張り巡らされ、強固な要塞となっていた。

その邪馬台城の壮大なる眺めに、馬上のニギギノ命は、兄ニギハヤヒノ命に向かって尋ねた。

「素晴らしい城じゃ。兄者よ、なぜあれなる城を欲しないのですか」

「おぬしまだ言っておるのか、ニギギよ。おぬし落とせるものなら、落としてみやれ。いくらおぬしが戦上手でも、無理というものじゃ。女王との謁見も控えておるというのに、滅多なことを申すでないわい」

数日後。邪馬台城は、すっぽり雪を被っている。

城の奥に、ひときわ美しい彩虹《さいこう》を染めた帳《とばり》のある部屋があった。ニギギノ命は、日向よりの珍しい献上の品々をたずさえ、兄とともに女王ヒミコの出座を待っていた。

やがて、若い巫女の従者を連れてヒミコが部屋に入ってきた。

三十路《みそじ》の女王は、美しい射干玉《そばたま》を黒髪に、倭人離れをした大きな黒い瞳が印象的だった。時おり見せる燃えるようなその瞳で見つめられたら、誰もが魂を吸い寄せられてしまうように妖しい輝きを持っている。白い小さな貌《かんばせ》は、目鼻立ちが整い、雪のような白い肌は艶やかな光沢を放っており、年相応の円熟さがあふれていた。

ニギギノ命は、激しく心が揺れ動くのを感じた。女王が人の心を捕え、そしてひざまずかせ、時には狂気にすら駆り立てるような烈しい魅力の持ち主であることに気付いたのである。

ヒミコにとってもニギギノ命は、はじめて見る遠い他国の天神《あまつかみ》族の英雄であった。太く濃い眉から高い鼻のかけては至尊の相があり体躯も雄々しく立派である。彼は、筑紫《つくし》の日向に宮を構え、次々と近国を攻略し、いまでは比類なき権力と財力を手にしている。

将来の戦に備えての偵察か、それともこれなるニギハヤヒ殿を通じてわが国の国政に介入しようというのか、ヒミコはニギギノ命の表敬訪問に一抹の不安を感じていたが、玉座の前で顔を上げ、食い入るように自分を見つめるその視線にヒミコは息を呑み、先ほどの懸念とは別に、胸の奥から湧き起こる恐ろしい予感を感じた。

「弟のニギギノ命でございます。あちこちと旅ばかりしております。韓国の馬韓にて戦法を学び、筑紫で戦の抗争に明け暮れてまいりました」

兄ニギハヤヒは、弟ニギギノ命をそう言ってヒミコに紹介した。

「これなる方は、戦《いくさ》の神か」

ヒミコは聞いた。

「神の領域のお方は、吾が何を言おうとすべてお見透しでしょう」

そう答えながら、ニギギノ命の心は妖しく揺れた。

何人もの妻がおり、多くの子をもうけた彼が、この世の者とは思えぬヒミコに激しく胸の疼きを感じた。彼にとってヒミコは遠い他国の幻の花であった。人には見えぬものが見えるというこの女王に忘れていた青年の日の熱い思いが甦った。

それは彼の旺盛な征服欲とともに、あわよくばヒミコの体内に入り、鬼道なる禁断の術の正体を暴露したいという異界への挑戦でもあった。

　こうして、ニギギは賓客として邪馬台城にしばらく滞在することになった。


　同じ頃、そんなニギギとは全く比べものにならないほどヒミコは落ち込んでいた。陰惨な嫌がらせに遭っていたのである。夫 弟彦命が亡くなってから間もなくそれははじまり、女王になってからも続いている。犯人が元弟彦命の妃たちだから始末におえない。

　初瀬姫は正妃だったし、人柄も良く弟彦命からも特別な寵愛を受けていた。

　しかし他の二人は、これで本当に姉妹かと聞きたくなるほどにしたたかで、一筋縄ではいかなかった。神は何と不公平なのだろう。人間的にみても一番立派な初瀬姫は早々と鬼籍に入り、優しかった人はもういない。後妻のヒミコもほんの束の間の縁でしかなかった。むろん、頼れる夫もいないのだから。

　初瀬姫の姉妹は、そんな状況におかまいなしに、何年経っても誰もいなくなった後宮に居座り、自由気ままな貴人としての生活を楽しんでいる。

　おまけにこの姉妹は物の道理をわきまえず、遠慮というものを知らない。

　見かねた糸路が、

「本当に困った人たち、頭の黒いネズミのようではないか。粟《あわ》が飽きたら稗《ひえ》、稗が飽きたら米、次は山芋、いや栗がいい、通草《あけび》がいい、山葡萄《ぶどう》が欲しいとなりましょう。この宮とてヒミコ様のお情けでいられるのに、そのことすら全く気付かない。どこぞの大人の妃にでも考えませんと……」

とため息まじりに言った。

女王になったヒミコへの風当たりも日増しに強くなるばかりである。

ある日、つかつかと大勢の奴婢を従えてヒミコの所までやってくると、

「ヒミコ様、貴女がお亡くなりになったら女王の仕事はどなたがお継ぎになるの？　お子様のいらっしゃらない貴女は今からお考えになった方がよろしいわよ」

とまで言う。

そんな嫌がらせが度々重なると、ヒミコはあきれて怒る気力すらなくしてしまった。二人の姉妹は、自分の右肩と左肩の両方に不気味に巣くう悪霊のごとくヒミコを追って困らせ、ケラケラと笑っている。

男の妬みも恐いが女の妬みはもっと始末に負えない。うまくいかなければすぐ拗ねる。

ヒミコは女王になんてならなければ良かったのにと後悔した。

こんな内輪の揉め事すら片ずけられない自分に、何で国を統べられようか。たまたま人より霊感が強いというだけで人から妬まれ、うまくいかねばとことん馬鹿にされ責任を取

らされる。

責任を取るとはこの時代死ぬことである。霊力を失えばただちに役立たずとして殺されるのが巫女の宿命でもあった。いつも絶望という出口のない闇が口をあけて待っている。ヒミコは孤独な女王にすぎなかった。

ある時、糸路は「大事な用件ですの」と心配してささやくように言った。

「おつらいかも知れませんが、いつ、なんどきでも泰然自若でいて下さいますように。あの方たちはヒミコ様を傷つけ貶めたいのでございますよ。それは言ってもどうにもならないのに、大声で喚き散らし泣き崩れたいほど切羽詰まっているからです。あの方たちの日常は毎晩のように酒を呷《あお》っておいでとか。しかるべき人に縁付くよう、それとなく調べてみましょう。まだお若いし、きっと自分の居場所がないことに彼女たちなりに気付いているのでしょう。ヒミコ様はうろたえず、感情を決して表に出してはなりませぬ。それが女王に立った人の役目です。もし感情を表に出してなら場合によっては何もかも失います。我慢も神の道です」

糸路の目尻には、やさしさと匂うような品があった。

ヒミコはその言葉に救われた。するとそこに、

「お話がありますの」

と言って姉妹がいつもより晴れやかな顔をしてやって来た。姉が、

「ねえヒミコ様、いつまでも妾たちがこの宮にいたらやりにくいでございましょう。いい考えが浮かびましたの。妾たちを御滞在のニギギ様の元へお送り下さいませ。あのお方は王の中の王、何と凛々しいお姿なのでしょう。そしてどこぞの国のどこぞの宮で妾たちは優雅に暮らしとうございます。だから仲介の労、よろしく頼みますわ」

とひそめた声に野心をうかがわせた。

その話を糸路は聞いていて絶句した。

「なんと！　今度は二人してニギギ様の妃にねえ、ヒミコ様に負けまいとする執念がたぎっているようではないか」

糸路がその話をニギギの所へ持っていくと、

「弟彦命様の妃だったあのお二人ですか……。某《それがし》にも好みがありましてなぁ……」

と不満げな顔をしたものの、

「あのお二人もなんとかせねばなるまい……。そうだ！」

ポンと膝を打つと、

「良い案があるわ。河内の方に住む大人が妃を欲しておった。その者に遣わそう。随身をつけて、それなりの支度をさせて河内の大人の宮へお送り申すがいいわ」

こうしてあっけなく話が決まり、ヒミコに牙を向けてきた二人の姉妹は、ニギギの采配により縁づくことになったのである。

ヒミコは糸路とともにニギギの所に出向き、謝意をあらわした。。

「こたびは亡き夫の妃たちへのお許らい、まことにありがとうございました。厚くお礼を申しまする」

「ヒミコ様もあのお二人がおられたのなら大変でしたな。人を立てないような人は、ご自身も立たぬ、ひがみや愚痴、陰口で成功した人を見たことはありませぬ」

とニギギは腹をかかえるように笑った。

ちょうど秋桜の咲き始めた頃、二人の姉妹は美しく着飾り、大勢の随身とともに宮を後にしていった。

見送ったヒミコと糸路はホッと胸をなでおろした。そしてニギギに感謝したのである。

翌日、ニギギは両手に抱えきれない程の秋桜の花を持って糸路の所へやって来た。

「これをヒミコ様の部屋に活けてやってくだされ」

と言うと、とっとと走るように立ち去った。

糸路は、思わず笑ってしまった。

おやおや、ニギギ様はきっとヒミコ様がお好きなのだわ。駿馬を馳せる英雄に秋桜の花束ねえ、ああおかしい、と糸路は色とりどりの花に眼を細めた。

ヒミコは届けられた秋桜の可憐な花を見て少女のように頬を紅く染めた。長い間の悩みの種でもあった二人姉妹の件が落ち着き、久しぶりにヒミコは心に希望の炎が燈った。

その頃ニギギは悪いことを考えていた。

見初めたヒミコとどうやって関係を結ぶか……。

満たしたい独占欲、満たしたい征服欲が情熱の念となってニギギの体を火照らした。白いきめ細やかな肌、どことなく淫靡で情の厚そうな肉感的な唇、白衣がはちきれそうなたわわな胸、肉づきの良さそうな腰つき。

かつて、神の化身であるようなニギギには沢山の女たちが服従した。

しかし、何か物足りなく感じてきた。正妃 木の花咲夜姫は絶世の美人だった。彼女は一生懸命自分に尽くし愛情を注いでくれる。実の子にも恵まれている。ではヒミコのどこが魅力なのだろう……ニギギは考えた。

それは破滅の恋の匂いかも知れない。

あの女と係わったら火傷をしそうな危うさが強烈な魅力なのだ。

「悪魔め！」

そう言いながらニギギは、髪を振り乱し渾身の力をこめて思いきり腰を振りたいという衝動にかられていた。

ある日、逢魔が時の夕闇にまぎれて、ニギギノ命はヒミコの宮室に素早く忍び込んだ。馬韓で遁甲の術を学んだニギギにとって、警備の者の眼をくらますのはわけなかった。

冴え渡るような静けさの中、ヒミコは自分の室に人の気配を感じた。今宵のヒミコは早朝からの神への祈願のため、極度の疲労を覚え、まどろんでいた。

薄いもやが漂っている。ヒミコの身体に、ニギギノ命が黒っぽい影のように近づきしっかりと全身を包み込んだ。

ヒミコは目を疑い、とっさに抵抗した。

だが、そんな心の叫びとは裏はらに、二人は互いに吸い寄せられるように結ばれた。ヒミコは、必死に守ってきた最後の砦が音を立てて崩れ落ちていくのを感じた。そして巫女としての罪業の深さに恐れおののいたのである。

しかし、禁断の恋は、その苦しさ故に人を迷わせ、さめざめと泣かせ、身悶《みもだえ》えさせるものである。婚合《くながい》の時には、激しく責め、苛《さいな》み、快楽に声を洩らしながら激情に身を任せた。

こうして二人は、まさに魂の絆で結ばれ、信頼ゆるぎない味方となった。

ある日、ニギギはヒミコに問いかけた。

「ヒミコよ、吾は酷いことを言うやもしれんが、そなたは邪馬台の傀儡《かいらい》じゃ。実権は安日彦殿と長髄彦殿が握り、それに兄上が一枚加わっておるのではないのか」

たしかにその通りだった。ヒミコは自分が政治の実権を握りたいとは思わなかったが、いったん体制ができあがり、神聖な女王ということになると、勝手な振る舞いはできないし、以前のように気安く薬草院の仕事をするわけにもいかず、傀儡という表現がふさわしい状態であった。

ヒミコは、美しい横顔を見せながら答えた。

「とうに存じておりまする。しかし国が治まっておりまするゆえ、妾はそれでよきかと」

ニギギノ命は続けた。

「吾は、反乱するものを誅し、時には侵略もして筑紫を統べた。ヒミコ殿、吾とともに邪馬台の宮を国々に作らぬか。神の加護をお受けして、吾とともに邪馬台国を広めようぞ。大陸へ船出はどうじゃ。国作りじゃ。まずは、吾が若き日にいた馬韓に行ってみぬか。この国は安日彦殿に任せても大丈夫じゃろうし、兄者もそなたには忠誠を誓っておる。いつまでも傀儡でいることはない。吾はそなたを連れて海を渡り、馬韓にも筑紫にもそなたのために、天雲に隠れる程の千木《ちぎ》高き宮を作りたいのじゃ」

ニギギノ命は今にもみずから先頭に立って、ヒミコを馬に乗せ、闘う眼差しである。男勝りのヒミコの血も騒いだ。

「妾を本当に馬韓や筑紫にお連れ下さるのか」

千里のかなたまでも見透かす彼女には、大陸の美しい国々が目に浮かんだ。

「しかし……、筑紫は行けませぬな。あちらには、木の花咲夜姫様が……」

「ハッハハッ、なんと、邪馬台の女王でもおじけずくことがあるのか。まあ、吾にお任せあれ、悪いようにはせぬ」

数日の後、二人はわずかな随身《ともびと》を従え、密かに難波津より船出した。

当時の船旅は一歩間違うと死と隣り合わせである。二人は、日と月と星に祈りながら航海を続け、ようやく無事に船は朝鮮半島の馬韓の地に着いた。

天空の碧あざやかなる馬韓に着くと、ヒミコはその国の美しさに目をうばわれた。

朝鮮半島の韓には当時、謨率《ムス》氏、日馬《コマ》氏、干霊《カラ》氏、安冕《アメ》氏、賁彌《ヒミ》氏の五王統があった。

馬韓は賁彌氏の王統で、日向のニギギノ命とは同盟関係にあった。

馬韓の王城は壮大で、その地よりヒミコとニギギノ命は太鼓天空を仰ぎ観て大自然の霊異を体得した。そして王城の森を行きかう鳥が天地間を上下に飛ぶという姿より霊動を授かり、神と人との連絡をつける方法を貴彌氏から修得した。

「鳥より学ぶことは多いのです」

馬韓王は、神と大自然の啓示を二人に諭した。

ヒミコは馬韓の地が気に入った。

「邪馬台の女王ヒミコ殿がこの地にお出でになった記念に、馬韓も邪馬台国友好の地ということにいたしましょう」

馬韓王は、やさしい眼差しで王城よりの丘の上に立って進言した。

「北に魏の帯方郡、東西は海に望み、南は倭国に接しており、朝鮮半島は大陸への要なのです。ヒミコ殿も魏の国へ一度行かれればよいでしょう。文化が違う。遙かに進んでおるのです」

韓の原義は神族《から》で、朝鮮半島においてはそのカラの延音カンラが、漢字で韓と表わされていたという。

二人は馬韓王の好意で韓国での滞在を楽しんだのち、ニギギの故国、日向に向かった。

日向に着くと、早朝より市が開かれていた。海で採れたばかりの新鮮な魚貝類、米、畑の物、山の物、弓矢、布、およそ物々交換される品が揃い、雉子《きじ》や鹿肉を売る狩人もこの賑やかな雑踏に品々を転がしている。市見物にことよせて、人々もそぞろ歩いている。日向は活況を呈していた。

「この地こそ邪馬台国としたい。この活気、国には人の集まりと平和が何より」

ヒミコは、目を輝かせた。

「この地は暖かく、半島にも近い。妾は日向の人々がうらやましく思います。妾の国は寒い。海も遠い。田畑の実りも違う。ヒミコはこの地で好物の鮑《あわび》を頂きました。やはり国は海沿いに限りますね」

「そうか、この国が気に入ったか。気に入ったならこの地も邪馬台国と呼ぶがよい」

ニギギノ命は、本当に何年かぶりに日向の宮に戻った。正妃木《こ》の花咲夜《はなさくや》姫の手前、まだヒミコを宮には入れられない。そこでヒミコは、ニギギノ命の随身の館へ引き取られた。

その日から、ニギギノ命は毎晩館に通った。

「吾は、そなたとこの地で誰にも邪魔されずに過ごしたい。老いてもいつまでも二人で仲睦まじく……夢であろうか」

ヒミコは、まるで宝物のように大切に扱われた。底知れぬ淵に嵌まったように、二人はしばし現実を忘れた。そして未明、なごり惜しげに去って行く。

そんな日がしばらく続いたが、ある日、木の花咲夜姫に気づかれた。側近の侍女からおよその話を聞いた彼女は、

「なんじゃと、よりによって邪馬台国の女王を随身の館に囲っていたとは……。情けなや。妖しげな術を使う巫女に大王まで惑わされたか。お気は確かか」

と暗い目をして言い放った。

夫をさらわれた木の花咲夜姫は、胸の苦しさを覚えた。やがて体中に哀音が流れ、さめざめと涙を流して泣いた。このままいても、妾は宮城の留守番にすぎなくなる。わが誇りは傷つけられた。父のおわす富士の山に帰ろう。木の花の怒りは想像以上に激しい。

「明日、富士の山に発ちまする」

止めるニギギノ命に振り向きもせず、翌朝、木の花咲夜姫は宮を出る支度をはじめた。随身から木の花咲夜姫の怒りを聞き、ヒミコは心の中ではすまなく思った。とは言え、ニギギノ命を、はい左様でございまするかと、あっさりとあきらめられはしない。

「誰があの人を渡すものですか……」

女の意地が底光りする。ヒミコの胸の中には、いつのまにか溢れるような独占欲が生じていたのである。

「ああ、何と恋とは恐ろしきものじゃ。こんなはずではなかったのに！」

ヒミコはある夜、そんな自分の気を鎮《しず》めるために巫女《みこ》舞いを舞ってみた。五十鈴《いすず》を振り、天女のごとく舞う。鈴の音が軽やかに鳴り、神に供えるように優美に舞った。右手に団扇太鼓《うちわだいこ》、左手に五十鈴を持った巫女舞いは、ヒミコにとって神示により授けられ、通常は祭式の折に舞うものであった。

そんな彼女の舞いを、いつ訪れたのか部屋の隅からニギギノ命がじっと見つめていた。そしていつの間にかニギギノ命も舞っている。

二人のしなやかな身体がまた結ばれ、艶やかな姿態を見せながら、またしてもニギギノ命の愛に応えてしまうヒミコ。

ほとばしるような激情が二人を包む。

しかし、それだけをまるで儀式のように済ませると、背中を見せていそいそを帰っていく。ニギギノ命の残像が、影のように尾を引く。

（また、一人なのね……）

そんな淋しさにヒミコはだんだん耐えられなくなってきた。結局、正妃の許へ帰ってしまうあの人。妾の信仰に生きた誇りは一体どこに行ってしまったのだろうかと自問した。何もかもかなぐり捨てて、あの人のために国まで去って二人で旅をした日々のことが潮騒の音とともに虚空に浮かぶ。

そして、彼女自身、ふと今まで自覚したことのない声に目が覚めた。神の声であろうか。

翌朝、随身《ともびと》に打ち明けた。

「妾としたことが恋に狂い、祭祀を疎《おろそか》かにしてしまい神が怒っておられる。早う戻らねばなりませぬ。大変なことに気づきました。狗奴を筆頭に邪馬台国に敵が攻めようとするのは、霊的結界が形成されてないからじゃ。早う結界を作らねばならぬ」

随身は平伏し、

「よく気づいて下さいました。僕《やつがれ》は、すでに船を用意してございます」

ニギギノ命との別れをひそかに決心したヒミコは、木の花咲夜姫を辱《はずか》しめてまでも恋におちた罪を償うために邪馬台に戻るべきことを悟った。

ニギギノ命に別れを告げると、彼は悲しげに語った。

「そなたとの月日は、吾にとってはかけがいのない楽しい月日であった。しかし二人していつまでも夢を追うわけにはいかぬ。それぞれ、民人が安心して暮らせる国づくりに励まねばな」

「妾は大変良い勉強をさせていただきました。遠く海を渡り、進んだ国々を案内していただき、これからの国づくりに生かせればと存念しました。女子《おなご》としてこの上なく愛され、まことに心安らぐ日々でございましたが、この日向の国は木の花咲夜姫様とお作りになった国、妾はこれ以上この地に留まるわけにはまいりませぬ」

「そうか、そなたは吾にとって心の闇を照らす月のようなありがたい存在であった。だが、帰るとあらば、これ以上そなたを引き止めても無駄であろう」

ヒミコは、今にも泣き出しそうな瞼《まぶた》を上げてニギギノ命の顔をじっと見つめ、呟いた。

「似すぎているのよ、妾とニギギ様は……。だからこれ以上一緒にいてもだめなの……」

その言葉がニギギノ命の魂を打った。

「確かに二人とも似ておるわ、向こう見ずで、負けず嫌いじゃからな、ワッハッハッハ」

そう自身を嘲《あざけ》るように笑った。


出立の日、ニギギノ命はヒミコのいる浜辺には赴かなかった。

彼はただ一人、切岸の林の中に立っていた。その下が海になっているこの林からは、どこまでも広い日向の海が見渡せる。ニギギノ命は、太い高麗剣《こまつるぎ》を佩《は》き弓杖をつきながら、立ちはだかるように海原を眺めていた。春の海はヒミコの旅立ちを言祝《ことほ》ぐように穏やかで静かであった。

やがて、朝日に輝く美しい波の上をすべるように進む船が見えてきた。舳先《へさき》にヒミコが立っているのが見える。ニギギノ命は、右手をその濃い眉の上にやってその船を眺めた。

船は、うららかな春の陽の中を、沖へ沖へと進んでゆく。

やがて船の姿が米粒ほどに小さくなると、

「ヒミコ〜！」

と雄叫びのような大きな声で力一杯叫んでみた。

（ヒミコ、吾より大きくなれ……。二人で築いた国のこと、吾は生涯忘れぬぞ。ヒミコよ、ありがとう）

高い切岸の上で肩を震わせながら、ニギギノ命はヒミコとの別れを惜しんだ。彼の雄叫びは波間に消え、ヒミコの乗った船がはるか沖に消えるとともに、一つの恋は終わりを告げたのである。

船上の人になってしばらくすると、ヒミコの礼容は、何かが吹っ切れたようにすがすがしくなっていた。

「さあ、重臣たちも待ちくたびれているであろう。早う国へ戻りましょう」

ヒミコは、船上で潮風にあたりながら随身に語った。

「何年かかっても邪馬台を守るために結界は必要じゃ」

船上では、いかにして強固な霊的結界を作るか策が練られた。運良く船は進み、流れるように速く難波津に到着した。

邪馬台城に着いてまもなく、ヒミコはニギギノ命の子を産み落した。女の子であった。彼女は小登与命《おとよのみこと》と名付けられ、通称「トヨ」と呼ばれた。

邪馬台国は、筑紫日向のニギギノ命との間に実質的な同盟関係ができたわけで、ますます国力が充実することになった。

この頃、重臣たちは、強敵狗奴国が中国の呉の国と交流しているという情報を得た。これに対抗するために、邪馬台国も中国の魏へ使節を送らねばならないという考え方が大勢を占めた。

幸い、日向のニギギノ命が中継点となるべき伊都国の港と交流があったので、半島への船団での旅立ちに便宜を図ってもらうことができる。

トヨを産んで五年後の景初三年（二三九年）、ヒミコは、魏への使節団を送る準備に多忙な日々を過ごしていた。

ある日のこと、このところすっかり老けこんだ韋真訓がヒミコに平伏しながら何かを訴えようとしている。真訓は、面を上げると突然真摯な口調となり、

「ヒミコ様、不躾な質問をお許し下さいませ。もう何年も前、はじめて拝謁申し上げました時よりずっと気になっていたのですが、滅多なことも申せませぬゆえ、この心に秘めておりました謎がございますもので」

と前置きして、驚くべきことを語りはじめた。

「年寄りの冷や水とお笑い下さい。ヒミコ様は、本当に丹波の村長《むらおさ》のお子であられますか。なぜかと申しますと……実は、僕《やつがれ》が昔お仕えしておりました鬼道の師・許昌様の皇后、許豊玉様にヒミコ様は瓜二つなのでございます。

許豊玉様は、僕《やつがれ》どもと同じ頃、船団で倭国に上陸なさったことだけは確かですので、無事こちらでお子をお産みになって生きておられればと我ら一同願っておりました。しかし、豊玉様はそのお産が元で亡くなり、早産であった赤子は泣く泣く葦の小船に入れて蛙子として海に流したとも聞き及んでおります。もし、万が一にもそのお子が拾われ、運よく成人なされればお年もちょうどヒミコ様と同じ位ございます。

そこで、かくも僭越なことを恐れ多くも御本人様にお尋ねした次第でございます。お気を悪くなされませぬように。僕《やつがれ》はもうこの年です。それだけヒミコ様にお聞かせ願えば、老いぼれはもうこの世に思い残すことはございませぬ」

ヒミコは、その昔、巫女の修行時代、由良姫が亡くなる直前の言葉を思い出していた。

たしかに「村長の家の前に小船に入れられていた赤子……」と由良姫は言った。

ヒミコは、韋真訓の顔を見つめた。

「由良姫様はご昇天の折、枕許に妾をよんで言われました。貴女は村長の家の前に小船に入れられていた赤子であったと。それ以上のことは何もわかりませぬ。祖父だと思っていた村長も父も母もすでに亡くなり調べようもありません。ただ、そなたの話と、妙に辻褄が合っております。不思議ですね……」

部屋の外では、はらはらと雨が降っている。

たしかに、自分は韋真訓が思い込んでる鬼道の教祖許昌氏の王女である可能性が高い。幼い時から人には見えないはずものが見えた。聞こえないはずの声が聞こえた。自分は誰にも見えたり、聞こえたりするものだと思っていたが、父母や友達と話すうちに、ふうつの人間には見えも聞こえもしないことだと悟った。たしかに血筋かもしれない。そうだとすれば韋真訓とは本当に不思議な出会いである。

二人の間に沈黙があった。

ヒミコは遠い所を見るような目をして、

「妾がもし許昌様の王女であったとしても、証拠もないこと、他言をしてはなりませぬぞ。許昌様の大陸での栄華は一時のこと。とうの昔に呉に敗れたのでありましょう。自らの威光を衰えさせるようなことは決して言ってはなりませぬ。妾は倭人としてこの国を治めねばなりませぬ。また、これから魏の国に遣いを致すのに、余分な疑惑を持たれても困るというもの。そなたは世知にたけ、この国の宿老として長きにわたり妾の重臣であった。鬼道とてそなたのお陰じゃ。夢は夢として胸の内に秘めなされ」

ヒミコにそう言われ、我にかえった韋真訓はにわかに容儀をただし、

「もちろんでございますとも、女王様。僕《やつがれ》は死ぬまで秘密は守るつもりでございます。どうぞ御安心を。それより大陸へ渡る者と準備にとりかかりたく、失礼いたします」

そう言い残すと、風のように立ち去った。

Ⅳ

悲報

青竜二年（二三四年）。

この年は秋の長雨があり、邪馬台城は幽《ほの》かに暗い。しかし、ヒミコの室内にいる糸路や側近たちはもっと暗く、先刻より首をうな垂れている。知らせをもってきた男は深々と一礼すると、静かに退室した。

「悲しい知らせじゃ……。日向におわすニギギノ命様がおかくれになったとは……。妾はこれより喪に服しますが、これはあくまで妾個人のこと。魏国へは来春予定通り、使節を送ります」

ヒミコは一人になりたかった。神殿に入り、神の前にしずしずと額づいた。幽かに明るい対の燭台の真ん中には、水銀と白梅《はくせん》でよく磨かれた銅製の神鏡が、悩めるヒミコを射竦《いすく》めるように妖しく光る。すると、どこからともなく低く厳かなお告げの声が聞こえた。

「ヒミコよ。そなたは神に選ばれたる者、ワタシの命じるままに生きよ」

お告げはいつも短い。今回もそうである。

しかし何ということだ。神の命じるままに生きよとは、自分がないということではないか。ああ！　妾は魂まで神に支配されてしまっている。この独占欲の強さは何？　どこが神だ！

ヒミコは、巫女としての重い責任に耐え、今日まで仕えてきたのは何かの間違いではないかとさえ自問した。

しかし、この日、神鏡からの光はなぜかいつもとは違う。異界に吸い込まれそうな一種の妖気すら感じられる。

すると、魔界の王が具現するかの如く、神鏡の中から白い靄《もや》が立ちこめてきた。

「さて、どちらの神の具現であろうか……」と思いヒミコは身を乗り出した。

その時、ヒミコは思わず「ヒャーッ！」という悲鳴をあげ、大きく後ろに退けぞった。

それもそのはず、何年ぶりであろうか。大物主神が、久々にヒミコの前に姿をあらわしたのである。頭は人間の頭と同じ位の大きさであろうか。胴回りも五、六十センチはあろう。そして長さは人間の大人の四、五倍もありそうな大蛇である。

「そなたであったか！　高位の天之御中主神様や高木神様の隙《すき》を狙って妾を苦しめてきた正体は！」

真っ白な大蛇ではあるが、呪々《のろのろ》とした青びれた顔がそこにはあった。その顔がチョロチョロと赤い舌を出しながら額ごしにヒミコに近づきそうになり、ヒミコはもう魂が消えるばかりに驚いた。谷底へつき落された様な衝撃とともに、その場で気を失った。

人間と語るわずか一時のことでも、神の世界では百倍とも千倍にも値し、神にとっても大変な思いをされているのだとヒミコは知っていた。だから、つまらないことで神慮《しんりょ》を聴かぬよう、きびしく戒められている。

しかし、大物主神はよほどヒミコに未練があったようだ。こうして会いに来たぐらいだから。ヒミコが時に、人が変ったように気性が昂ぶったり、妙に妖しい色気に全身が包まれたりするのは、他でもないこの大物主神が憑いた時だったのだ。今日はめずらしく大物主神は多くを語った。

「これでもワタシはそなたの夫であった。そなたは、自分が神憑りになっていると思ってはいけない。なぜならすべてワタシが教えてあげているからだ。そなたは、ワタシの正体を知り、恐れ驚き逃げてしまった。ワタシは、そなたを連れて滝の中にある豪華な宮殿で夢のように楽しい日々を過ごしたかった……。

それなのにそなたは二度も結婚し、娘までなした。ワタシは、人の妻となったそなたを見て気も狂わんばかりに妬いた。そなたを迷わせた弟彦命もニギギノ命も、ワタシが煮える胸のうちで黄泉の国へ送りこんでしまった。そなたはワタシの妻であった以上、この異界のワタシとは縁は切れぬことを知らぬ。そろそろ教えてやらねばならぬと思って出てきたまでよ。そのかわり、これからも世の中で起こることをことごとく鏡を通して教えようぞ。さらばじゃ」

そう言うと、大蛇の姿となった大物主神は、おもむろにとぐろを解くと、ゆったりと鏡の中へ消え去った。

恐怖と激怒と絶望が三竦《さんすく》みとなってヒミコを襲った。

洛陽への道

景初三年（二三九年）、魏国の都洛陽に使節を派遣することが決まった邪馬台国は、慌ただしい年の始めを迎えていた。

正使に難弁米、副使に都市牛利が任命された。

ヒミコは、魏国への貢物として生口十人、斑布二匹二丈等、魏朝に臣属の礼をとるため、最大限の貢を用意させた。生口《せいこう》は奴隷ともいわれているが、ここでは、男子の場合は特殊技術を持った人、女子の場合は若く美しい貢物であった。

ヒミコは、出発前、難弁米を密かに呼び寄せた。昨年秋よりほとんど神殿に籠り、人と会っていない。二人は邪馬台城のヒミコの高殿にある部屋で久しぶりに対面した。

「難弁米、妾から折入って頼みがあります。糸路様よりお聞きと思いますが、妾の実の両親は中国の巫術士・許昌夫妻らしいのですが、その一族が朝鮮半島に生き残っているとの噂もあります。もし、半島で何らかの手がかりがつかめたら調べてきてくれませぬか。それともう一つ、申すまでもないことですが、狗奴国の動きじゃ。狗奴国は、大陸の呉国のみならず朝鮮半島の百済とも通じているらしいのです。そのあたりも探りを入れてくだされ。頼みますぞ」

面を上げた難弁米の顔がいかにも頼もしかった。

ヒミコが一番恐れていたこと――それは、今や倭国の中で天下の雄となった邪馬台国と狗奴国の決戦である。狗奴国が半島の百済や呉と手を結び邪馬台を攻めてきたら、遅かれ早かれ強大な力を防ぐ術はなくなるであろう。

それより前に邪馬台国が大陸の魏国に誼を通じておくことこそ肝要である。呉よりも強力無比な大兵団は魏国をおいて他にはない。魏国という強国がつけば、邪馬台軍の兵士たちの志気もいやが上にも高まる。

ヒミコは、長旅の途中での国々との交渉のために、班布、青玉（翡翠）、白玉（真珠）などを船に積めるだけ持たせ、使節団の一行を見送った。

この時代、生きて魏国から還ることは奇跡に近い。

四年が経った景初三年（二三九年）十二月、ヒミコの祈りが天に通じたか、難弁米等の一行は、魏の皇帝の詔書と魏朝よりの賜物を山のように携え、邪馬台城に帰還した。

魏の皇帝明帝の詔書を『魏志倭人伝』は次のように伝えている。

親魏倭王《しんぎわおう》卑弥呼に制詔《みことのり》する。帯方郡の太守劉夏は、使《つかい》をつかわし、汝の大夫《たいふ》難升《なと》米《め》・次使都市牛利《としごり》をおくり、汝《なんじ》が献ずるところの男生口《せいこう》（奴隷）四人・女生口六人・班布《はんぷ》二匹二丈を奉じて到らしめた。汝の在《あ》るところははるかに遠くても、すなわち、使をつかわして貢献をした。これは汝の忠孝である。我《わ》れははなはだ汝を哀れむ（いっくしむ）。いま、汝を親魏倭王《しんぎわおう》となし、金印紫綬《しじゅ》（むらさきのくみひも）を仮《あた》える。装封《そうふう》して（袋に入れて封印して）帯方太守に付して仮授させる。汝、それ種人《しゅじん》（種族の人々）を綏《すい》撫《ぶ》（なつける）し、つとめて（天子に）孝順をなせ。汝の来使難升米《なとめ》・（都市）牛利《ごり》は、遠きを渉《わた》り、道路（たびじ）に（おいて）勤労（よくつとめる）したのである。いま、難升米《なとめ》をもって、率善中郎将《そつぜんちゅうろうしょう》（宮城護衛の武官の長）となし、牛利《ごり》を率善校尉《そつぜんこうい》（軍事や皇帝の護衛をつかさどる官）となす。銀印青綬《ぎんいんせいじゅ》（あおいくみひも）を仮《あた》え、（魏の天子が）引見し、労賜し（ねんごろにいたわり、記念品をたまわり）、還《かえ》らせる。いま、絳地《こうち》（『絳綈《こうてい》』の誤りか。『絳』はこいあか、『綈』はつむぎ、あつぎぬ）の交竜錦《こうりゅうきん》（二頭の竜を配した錦の織物）五匹・絳地《こうじ》の縐粟罽《すうぞくけい》（ちぢみ毛織物）十張・蒨絳《せんこう》（あかね色のつむぎ）五十匹・紺青（紺青色の織物）五十匹でもって、汝が献ずるところの貢直《こうち》（みつぎものの値《あたい》）に答える。また、とくに汝に紺地《こうち》の句文錦《くもんきん》（紺色の地に区ぎりもようのついた錦の織物）三匹、細斑華罽《さいはんかけい》（こまかい花もようを斑《まだ》らにあらわした毛織物）五張・白絹（もようのない白い絹織物）五十匹・金八両・五尺刀二口・銅鏡百枚・真珠・鉛丹（黄赤色をしており、顔料として用いる）おのおの五十斤をたまう。みな装封して難升米《なとめ》・牛利《ごり》に付《ふ》（託《たく》）（ことづけ）してある。還《かえ》りいたったならば、録受し（目録にあわせながら受けとり）、ことごとく（それを）汝の国中の人にしめし、（わが）国家が、汝をあわれんでいるのを知らせるべきである。ゆえに、（われは）鄭重《ていちょう》に好《よ》い物をたまわる（与える）のである。

難弁米一行は、倭国では見たこともないような立派な中国の官服を着て、ヒミコの宮室に帰国の報告にやって来た。

牛利が口を開いた。

「私たちが出発した年（魏の青竜三年）、遼東半島は公孫淵父子が亡びたため、魏国の支配下に治まりました。また、高句麗の東川王なる方は、魏の明帝が公孫氏討伐の際、魏に援軍を多数派遣させたそうです。この東川王の父山上王の出自について、黄巾の残党か許氏一族ではないかという説があります。

私たちにとって何よりも幸運だったのは、帯方郡の太守劉夏様の御厚情を賜ったことです。わざわざ案内までつけてくださり、帯方郡よりはるかなる郡、洛陽まで送ってくださったのですから……。もちろん魏国における皇帝への拝謁の注意、封爵の儀式の役取りも教えて頂きました。魏国へ到着してからも、帰路においても、まことに過分な優遇を受け、こうして無事戻ることができました」

ヒミコは、一行を前に、慰労の言葉を述べて皆をねぎらった。

「ところで難弁米よ。魏とはいかなる国でした？　明帝とはいかなるお方でしたか？」

とヒミコは尋ねた。

「魏国はとてつもなく広大な国でした。気が遠くなるほど広うございます。川一つにしても、大和川などとは違い、向こう岸も見えず、海のようでございます。

我ら一行は、黄河という大きな川に沿って泰山《たいざん》をながめながら兗州《えん》に入りました。そこからさらに川をさかのぼり、洛水に沿って洛陽の都に着きました。都と申しましても、それはわが国とは桁がちがいます。大きな道がいくつも縦横に張り巡らされ、青槐《えんじゅ》や柳の並木が整然と植えられております。その道に沿って立派な建物が立ち並び、大勢の人々がにぎやかに往来しているのです。

洛陽城は、楼城にひるがえる赤い大きな師字旗《すいじ》に金色の糸で《魏》の文字が刺繍され、そんな旗が何本も碧い空の下に立ち並んでおったのが印象的でございました」

「ほお、眼に浮かぶようじゃ。して、城のなかはどのようであった」

「高く立派な石の城壁の中には、豪華な宮殿がいくつも建ち並び、甍ぶきの屋根の下には美しい朱塗りの太柱が立ち並んでおります。天井から壁にかけて、雲間を駆け抜ける龍の絵が色鮮やかに描かれております。もう我らはひたすら目をキョロキョロさせ、その壮大さに感動しました。さらに進みますと、まるで鏡のようにつやつやと磨かれた廊下に入り、ずっと奥にある皇帝との拝掲の間に案内されました。

拝掲の間には、香炉台がおかれ、かぐわしい香りが漂っておりました。正面奥に、黄色の天蓋と錦の帳に囲まれた白い象牙でできた玉座があります。大勢の家来を従えた皇帝がゆったりとその玉座に腰かけておられました。見上げると、頭には金の冠、錦の皇帝服を身にまとい、それには眩いばかりのキラキラ輝く金銀宝石がちりばめてありました。やがて皇帝は、一段高い玉座より、私に厳かに声をかけて下さいました。

『はるか遠き海上の国よりの使者よ。長きの旅御苦労であった。見知らぬ他国で、さぞ、難儀したであろう。邪馬台国の女王ヒミコが、わざわざ使いをよこし、貢物を差し出すとは大変感心なことである。そなたが帰る時には、帯方郡の大守に申しつけ、使者を倭国にも遣わそうぞ。女王への手紙と、沢山の褒美を持たせるので女王へ宜しく伝えよ』

僕《やつがれ》が何と答えてよいかわからず、両手を床につけたまま平伏しておりますと、皇帝の側にいた係官が『もう頭を上げられよ』と小声で申されたので恐る恐る顔を上げました。皇帝は柔和な方で、さわやかな笑貌を見せておられました。皇帝に拝謁の時は、直接目を合わすことは許されません。古代からの中国の礼法では、「袷《こう》より上らず、帯《たい》より下らず」で、まなざしの置き方にも作法がございます。

その後、封爵の儀式があり、係官からヒミコ様は親魏倭王に叙せられ、ここにその証となる金印、紫綬を預かって参りました。さらにもったいなくもこの難弁米は率善中郎将、牛利《ごり》は率善校尉に叙せられ、各々銀印、青綬を授けられたのでございます」

ヒミコの宮室には、「親魏倭王」の金印紫綬をはじめ、百枚もの銅鏡、黄金の刀、錦、白絹などの山のような贈物が所狭しと並べられた。

ヒミコは、その豪華な贈物の封印をあけ、側近の手を借りて錦を羽織った。その姿は、あたかも中国の皇帝のようにも見えた。

「何という気高さ、美しさでございましょう。中国の天子様より賜ったかくも見事な錦の衣服を身にまとわれますれば、もうそれだけでわが邪馬台国の威信は増大し、国々の王たちも、まつろわぬ民たちもひれ伏しましょう」

と側近たちは目を細めて誉めそやした。

ヒミコは、

「これなる百枚の銅鏡は、わが邪馬台国の同盟国に授与するがよい」

と、諸国の王たちに銅鏡を分けてやるよう命じた。

魏の皇帝から賜った銅鏡の配布は、いやが上にも各国の王たちを奮い立たせ、勇気と希望を与えた。

こうして難弁米たちが帰ってきてまもなくの二四〇年（正始元年）、魏国の命により、時の帯方太守弓遵《きゆうじゆん》は、使者として梯儁《ていかく》等を邪馬台国に遣わした。魏国が急速に接近してきたのには理由があった。明帝の急死である。

明帝は、三国志の曹操の孫にあたる人である。父曹丕《そうひ》（文帝）は、人材育成に優れ、九品官人法を定めるなど富国強兵を図った。二二六年、父が亡くなると長子曹叡《そうえい》が魏国を継ぎ、明帝となった。明帝は博学で決断力もあるが、人民が生活に困窮している時に、宮殿の造築、造園、土木工事をさかんに行なったため、国力は衰えた。明帝が亡くなると、幼帝斉王芳《せいおうほう》が帝位についたが、実権は大臣司馬仲達が握った。

そんな中、東に接する高句麗は、いつ呉と連携するかわからなかったし、倭国を味方につけることは高句麗への牽制と、楽浪・帯方両郡の援軍としてでも是非とも同盟を結んでおきたかったのである。

契約の箱

難弁米が邪馬台城に戻ってまもなく、魏皇帝の詔書を重んじて、ヒミコは「卑弥呼《ひみこ》」と漢字を当てるようになっていた。

ある日の夕暮れ時、卑弥呼の宮室に、弟の海彦が一人の男を伴ってやってきた。

この弟だけは、卑弥呼の宮室に自由に出入りすることができた。六歳離れているいたずら盛りの弟を従者として預かったのは、まだ丹波の宮廷にいたときである。あれから数十年の歳月が流れた。海彦は柔和な性格だが頭が抜群に良く、気がよく利いた。卑弥呼の公私にわたる仕事を補佐するのに最もふさわしい人物として、いつのまにか難弁米や韋真訓、牛利たちとならんで重要なブレーンの一人になっていた。とくに、難弁米と牛利が魏に派遣されて留守の間、海彦は卑弥呼の第一の相談相手となった。

海彦が連れてきたのは、拘奴国王・卑弥弓呼《ひみくこ》の宮廷に放っていた間諜のガコである。卑弥呼の前で平伏していたが、やがておもむろに顔を上げた。ガコは、邪馬台国の中では、ひときわ勇猛を誇る武将であった。以前から情報収集の重要性を考えていた海彦は、数多の合戦を勝ち抜いてきたガコという男の強運を買い、諜報部隊を編制させた。

ガコには年の離れた美人と評判の妹がいたので、手始めにガコはみずからは猟師、妹は機織りの娘と偽装し、拘奴国に潜入した。やがて美しい妹恵布《えぬ》は、幸か不幸か拘奴国の王卑弥弓呼《ひみくこ》の愛を得、戦陣にまで従うほどになった。本日はその報告のための参上であった。

本来なら海彦だけが聞いて後から女王に報告してもよいのだが、本人が極めて奇怪かつ重要な情報だというので、自分も同席の上、直接報告させることにしたのである。

「僕《やつがれ》は、偵察の長として本日報告のため参上いたしました。まず、拘奴がなにゆえ、丹波国や邪馬台国の攻略に執着してきたのか、その理由の一端がわかったのです」

海彦は、身を乗り出し、

「ほう、たいしたものよ。して拘奴の狙いは何じゃ。土地か、それとも生口か、鉛丹か」

「いえ、卑弥弓呼《ひみくこ》はそのようなものを手に入れたくて動いているのではありません。丹波国王がその秘密を知っていると言われた《契約の箱《アーク》》を探しておるのです」

「何じゃ、それは?」海彦は聞き返した。卑弥呼も海彦もはじめて聞く言葉である。

「とてつもなく遠い国、魏や呉や蜀のもっと西方には広大な砂漠が広がり、さらにその向こうに大きな二つの河が流れているそうです。いつのことかは定かではありませんが、そこから、葦船に乗って久美浜に到着したイサライ人と申す人々がおったそうです。

彼らの船は、船底にその地でよく吹き出るアスファルトと申す、水を跳ね返す黒い液体を塗っておりますゆえ、滑る如くに海上を進み、韓国の海峡を渡り、この国に着いたとのことです。彼らはその先祖の偉大な王モーゼが神から授かって納めた三つの宝を納めた箱を携えてきたそうです。それが《契約の箱》と申すもので、そこには神との契約を記した石版、飢饉のときに使うマンナと申す、餅によく似た食糧が無限に出てくる壺、それから不思議な術を使えるアロンの杖が納められておりますそうな。

この《契約の箱》なるものを手に入れた者は、世界を治めることができるとされており、絶対に手で触れてはならぬという神聖な箱だそうでございます。しかし、久美浜に到着したイサライ人たちが、それをどこに隠したかはわかりませぬ。そこで卑弥弓呼は、備前の奥地におります「コンガラ」という盲目の巫女にその箱の行方を占わせたとのことでございます。そして、その巫女は、丹波国王の血筋の者が隠したとだけ言い残して謎の死を遂げたそうで、何者かに殺されたという噂もございます」

「はて、解せぬ話よのう」海彦は首をかしげた。「姉上はなんぞご存知か?」

卑弥呼も首を横に振った。

「卑弥呼さまもご存知ありませぬのか。丹波国王が、一枚の羊皮紙で描かれたはるか彼方のユーラシア大陸の略図をお持ちで、今は卑弥呼様のお手元にあり、それを奪えば《契約の箱》の謎が解ける、卑弥弓呼《ひみくこ》はそのように思いこんでいる節があるのでございます」

「ガコよ、役目大儀であった。妾からも礼を申す。しかしガコよ、妾は丹波国王日本得魂命様からも弟彦命様からも左様な話は聞いたこともありませぬし、なにも預かってはおらぬのじゃ。遠き国の渡来人なら久美浜に限らずよく漂流してやってくるではないか。その《コンガラ》とか申す巫女は偶然に何かを知って殺されたのであろう。気の毒なことじゃ。卑弥弓呼《ひみくこ》が何を信じようと勝手じゃが、迷惑な話。それにしてもそのような物に頼るようでは、しょせん戦《いくさ》に強いだけのうつけ者じゃ。民を統《す》べる器ではないわ。ガコよ、他の報告はないか」

「はっ、これはもっと重要な情報でございます。狗奴国はかつての本拠地、出石から安芸、備前、吉備にかけて再び勢力を拡大中です。ところが最近、ニギギノ命様の孫にあたる王たちが日向の天神族を率いて東進をはじめ、吉備をめぐっていつ戦になってもおかしくない情勢になっておるのです。狗奴が恐れているのは、大和と九州の両国から挟撃されることでございましょう。先ほどの《契約の箱》の話も、それを手に入れて西も東も支配下に置きたいと考えておるのでございましょう」

卑弥呼は、内心とまどった。ニギギのことはすっかり忘れていた。しょせんそれぞれ一国を預かる王と女王の個人的な感情から生まれた関係で、ニギギが亡くなってからというもの、自然と両国の関係は途絶えていた。

その孫たちがそんなに力を蓄えていたとは……。それにしても、木の花咲夜姫に恥をかかせた張本人として、彼らは妾のことをよく思ってはおらぬであろう。これがニギギ様なら、狗奴国を東西から挟撃し分割しようと妾に使いをよこされたであろうが、今のところそのような気配もない。

それにしても、われらとて防衛でせいいっぱいなのに、狗奴国相手にあえて戦いを挑むとは、よほど強いにちがいない。妾にしても邪馬台国の重臣どもにしても、親魏倭王などと魏国から煽《おだ》てられ、若い日向の勢いに比べて奢りすぎていたのではあるまいか。しょせん魏に頼るといっても何か他力本願のような気がしてならない。かつて中国の夏王朝はみずからの奢りによって滅んだ、という葦真訓の話が卑弥呼の脳裏をよぎる。

邪馬台国も総力を挙げて狗奴の野望を抑えねばならない。

「ガコよ、そなたはこれより盲目の巫女集団、備前のコンガラについて調べて参るのじゃ。《契約の箱》とやらの手がかりはそこで掴めるであろう」

卑弥呼の目は、鋭敏に光っていた。

つのさはふ飛鳥

その夏、備前の山間部には、わずかな風が流れるだけであった。

ガコは「コンガラ」と呼ばれる巫女集団を探していた。山間部の村々をくまなく訪ね、ようやくコンガラが棲む月の夜村に関する手がかりを得た。彼らは、いつ頃からか盲目の巫女ミサキという者を頭に、主な業である占い以外は国人との関わりも一切持たないでいるという。

しかし、ガコがその村を探し出した時には、村は無人で、犬の子一匹たりといなかった。

「何ということだ……」

ガコは、隣村に赴き、村人にコンガラの行方を聞き回ったが誰も知る者はいなかった。

しばらく進むと水の音がする。狭い小川が流れていて、その川のほとりに粗末な小屋が一軒建っている。人が住んでいるらしく、軒下に薪が積まれている。

ガコが近寄ると、わらの束で髪を結んだ若い娘とその父親らしき男と母親らしき足の悪い女がいた。

「村のお人、ちと物を尋ねたい」

声をかけると男が出てきた。

男は、突然の訪問者に警戒もせず、ガコを家の中に招き入れた。ささやかだが、干し魚、山胡桃、濁酒をふるまってくれた。ガコは一家の主に礼として青玉《ひすい》を握らせた。

「わしはコンガラに逢いたくて尋ねてきたが、月の夜村は藻抜けの殻よ。この夏の暑さの中、集団で一体どこへ行ってしまったのか、ご存知あるまいか」

ガコは、率直に尋ねた。主は少し暗い顔をした。

「コンガラは昨年、頭のミサキ様が狗奴王に呼び出され、不審な死を遂げたのをきっかけに、どこかへ旅立ったということじゃ。あなた様も狗奴王のお使いか?」

どうやらこの地の住民は狗奴王に対していい感情は持ってないようだ。少し迷ったが、ガコは正直に応えた。

「いや、わしは、邪馬台から来た者じゃ」

「おお、なんと邪馬台からのう。昔はこのあたりも平和じゃったが、最近では狗奴王が兵を蓄えるというので、貢物の取り立てが厳しくてのう。邪馬台は豊かで民の暮らしも楽なそうじゃな。昔は往来も自由で邪馬台へ移住したものも大勢おったものじゃが、最近では勝手に村を離れるとお咎めがあるそうでのう。まあ、王の役人もこんな山奥にまでは滅多にこないので安心召されよ。実は吾が妻は、コンガラの一人じゃった。みんなはミサキ様の師が住むという飛鳥の地へ向けて移動してしまったのじゃ」

「なんと、飛鳥へ……」

「そうじゃ、吾が妻は、ご覧のように足が悪いので皆の迷惑になると言って残ったのじゃ。そこで妻を亡くした吾が、後添いにしてこの小屋に住んでおる。妻も巫女だけあって時々妙なことを申しましてのう、何日も前に男の立派なお客さんが家に来る、けっして怪しい者ではないと言っておりました。何をお調べか存じませぬが、コンガラは里人でも容易に受け入れぬ秘密集団じゃ。だが、甲努《こうの》の里の巫女・アシビの紹介じゃと申せば、会うてはくれるだろう」

なんと、コンガラは大和の飛鳥に移住したというのだ。

ガコは瀬戸内海から淀川、木津川を通り大和に入った。家では十六歳になった一人息子載斬鳥越が、亡くなった母の代わりに留守を守っていた。

ガコは載斬鳥越を伴って飛鳥に向かった。二人は飛鳥川上流の細谷川にコンガラらしき巫女集団がいるとの情報を得た。

細谷川はゴッゴッとした岩石だらけである。こんな所に人が住むのか？　ガコは信じられなかった。二人は、とりあえず野宿することを決め、あたりの様子をうかがった。

苔むした岩々、清流の水の音、南方には高取山がそびえ、夕暮れの川風が流れている。

ふと、前方にくっきりと炎が見えた。

二人は、その炎の場所へ近づいた。人がやっと通れそうな狭い道の奥は、岩の洞窟になっているらしい。

炎の正体は、松明であった。松明を持った老婆が一人、ガコたち二人には気づかず奥へと入って行く。地下洞窟があるようだ。飛鳥の枕詞「つのさはふ（角触経《つのさはふ》）」は、頭部を触れるようにして通るという意味で、岩の枕詞である。巫女の集団は、彼女たちの師のいる「つのさはふ」飛鳥にこうして隠れるようにして住んでいるようだ。

このような地下洞窟の中で、この巫女集団は得体の知れぬ呪術でも行っているのだろうか。それにしても、飛鳥川の上流に岩を利用してこのような洞窟を作るとは、高度な石造技術を持った集団がいるのか……。老婆は松明を灯しながら冷たい空気の入りまざった中を進んでいく。

やがて地下への階段があって、中はかなりの大きさの大洞窟になっており、沢山の巫女が夕餉を囲んでいた。何の神を祀っているのか、立派な祭壇が作られてある。

巫女の中には盲目の者、業病の者、身体の不具なるものがおり、二十人程の集団で生活しているようだ。

ガコは、注意深く錫杖を持ち、息子とともに階段の上から声をかけた。

「僕《やつがれ》は、甲努の里のアシビ様の紹介で参った者、怪しい者ではござらぬ。ちとお聞きしたいことがあり、そちらにお伺いしてもかまいませぬか」

とよく通る声で用件を述べた。

すると、奥に坐っていた老婆が
「アシビの紹介ならいたしかたあるまい。遠くからよくぞ参られた。早う、下りて参れ」

と返事をくれた。ガコは、息子とともに石の部屋に下りた。

先程の老婆は左右に巫女が控えており、この部屋の頭と見受けられた。

二人は、彼女の前に進み出て平伏した。

「突然の訪問で失礼つかまります。僕《やつがれ》は、邪馬台国の女王に仕えるガコと申します。息子とともに、はるか遠き国よりもたらされたという《契約の箱》を探し求めております。かつてそのことでミサキ様が狗奴王からむごい仕打ちを受けられたとか」

老婆は、二人の顔をまじまじと見ると、話しだした。

「ミサキは我が娘じゃった。盲目のあの子が何をしたというのか……。わしらこそイサライ人の末裔よ。たまたま、妾は娘が盲人だったので、困った者同志集団で生活し、娘の予知能力を利用して巫女集団を作ったのじゃ。なるほど《契約の箱》を手にした王は世界を征服するという言い伝えはある。しかし、妾たちに聞いても無汰じゃ。左様なものを倭国に運んできたという話は聞いたこともないわ……。娘はイサライの民であったため隠していると思われ、責め殺されたのじゃ。何も隠してなんかおらぬのにのう」

老婆はため息をついて天井を見つめた。目に涙が浮かんでいるのをガコは見落とさなかった。この地下に這うようにして生きている巫女集団の苦悩が察せられた。

「羊皮に描かれたという地図のこともお聞きになったことはありませぬか」

ガコは続けて聞いた。

「知らぬのう……。ただ昔、ソロモン王が栄えたのは、世界を支配しすべての悪霊を支配可能とする《ソロモンの鍵》という魔術書があったからだという話があり、その術を心得た者の一人が倭国に渡ったといううわさは聞いたことがある」

老婆はさらにぽつりぽつりと語りはじめた。

「われらは御覧の通り体が不自由な者の集団じゃ。われらのお世話は、われらの信じる神に仕える者たちが、木の実や干し魚、米等食料を運んでくださる。元神様のお陰でこうして生きてこれたのじゃ。われらイサライ人は、他の渡来人と同じく遙か昔から何千、何万と倭国に渡ってきておるのじゃ。丹波にも吉備にも大和にも……。われらは、石造建設、治水工事、農耕技術、天文学、薬学、医学など倭人とは比べものにならないくらい高度な知識と技術を持っておった。かつて倭人はみな素直でこれらの技術を持っていたわれらを神の如くありがたがってくれた。人によってはわれらを国神様《くにつかみ》と呼び称し、拝む者まで現われた。しかし、このわれらの存在をおもしろく思わなかった者がいた。誰と思う?」

「狗奴王か?」

「なんの、天神族《あまつかみ》のニギハヤヒノ命じゃ。奴は、われらを利用したあげく、用済みとなると抹殺にかかったのじゃ。それゆえ、多くの者は狗奴の支配地に逃げ、大和に残った者は岩穴の中に隠れるように生きるしかなかったのじゃ。邪馬台国は狗奴よりもニギハヤヒの動きに気をつけられたれた方がよろしいぞ」

魏国よりの使者

正始八年（二四七年）、載使・烏越等からの報告を受けた帯方郡大守・王頎《おうき》は、邪馬台国と狗奴国の対立を重く見た。そこで魏国は、帯方郡大守の使いとして正使 張政を倭国に遣わすこととした。

魏国は張政に「黄幢《こうどう》」と「詔書」を持たせた。「黄幢」とは、戦《いくさ》の時、兵士の士気を盛り上げるための大きな旗のことである。張政は、まず伊都国に着き、大夫難弁米に会い、檄文をもって励ました。魏国としては、いやしくも親魏倭王の金印まで授与した国が、倭国内の戦争にてこずるとは何たることかと歯痒かったのである。

狗奴国が呉と結びつけば魏国にも脅威となる。しかし難弁米は「黄幢」と「詔書」を授与されたことに大きな不満を抱いていた。本当に必要なものは援軍であった。このため、邪馬台国から伊都の国に着いたばかりの難弁米は、得意の漢語で張政に聞いた。

「張政殿、わが邪馬台国が欲しているのは、このような黄色の旗と激励の布告文ではありませぬ。援軍はどうなったのです。鉄の甲冑《かっちゅう》に身を包んだ兵士、そして馬、武器、それらは何一つ到着していないではありませぬか。大至急、兵士と武器の調達をお願いしたいのですが」

「黄幢は中国では大変崇拝されている物ですぞ。皇帝の始祖は黄帝であり、道教では巫覡の儀礼に、幢を持ち呪文を唱えながら歩くという呪術の意味も込められておるのです。この縁起のよい幢は必ずや邪馬台国を勝利に導くはず。この黄幢により、どうか狗奴国との戦に勝ち、邪馬台国を永遠に栄えさせて頂きたい。その切なる願いが、この詔書とともに認《したた》めてあるのじゃ。そもそも魏国は邪馬台国が倭を実効支配しておるということで、女王様に金印を授与したのでござるぞ」

妙計な答えである。肝心な援軍のことには何も触れない。

当時、邪馬台国は、朝鮮半島や中国大陸への表玄関となる九州の伊都国と、近畿の難波津を特別の直轄地とし、漢語・韓語に堪能な大夫難弁米は統轄地の全権を握っていた。魏国が難弁米に黄幢と詔書を授与することは、難弁米を邪馬台国随一の重臣と認め、かつ魏の臣下であるという意味を含む。これは大変なことである。

つまり中国の皇帝が幢を下賜することは、邪馬台国のために働き、なおそれは魏国のため働くということなのである。邪馬台国の重臣たちは、魏国よりの使者、帯方郡大守王頎の正使である張政のため、伊都国城の至近に宮室を用意し、以後の交渉に備えた。

魏国の使者張政は、剛腹な人であった。

「私が邪馬台国にいる限り、邪馬台国と狗奴との合戦にはなるまい」

とすら豪語した。

しかし、援軍もよこさなかった張政に対する反発は烈しい。特に正王の安日彦は、時として傲慢なこの正使を不快に感じた。いつまで続くか、ひょっとして長期の滞在になりそうな大国の使者たちを難弁米は丁重にもてなした。

使者を怒らせてはならぬ……難弁米には大国の後ろ盾が必要だった。しかし、邪馬台国はそれを待てないほど、狗奴との交戦に悩んでいた。

そのころ邪馬台城では、早朝より会議が開かれていた。重臣の前にも、めったに姿を見せない女王卑弥呼が玉座に座り、海彦、正王安日彦、副王長髄彦等が狗奴との戦況と、魏国からの使者のことで意見を述べあっていた。

海彦はしきりに和平の道を説いた。このまま兵を出せば民を巻き込み、戦を続ければ続けるほど食糧や武器の費用で国も困窮するという慎重論である。

それに対し安日彦と長髄彦は、前線に赴いて軍の采配を揮うと強気であり、そのためには命も賭するという覚悟であった。

そこにガコが敵情を報告しにあらわれた。

「狗奴の軍は二派に分かれております。一方は近江八幡を中心にした軍勢で、卑弥弓呼《ひみくこ》王みずからが軍を率いております。こちらは今まで通りで何ら変りはございません。

手強いのはもう一つの軍勢です。こちらは、狗奴国の発祥の地、出石《いづし》、吉備を中心にまとめられておりますが、これらの軍が瀬戸内海を渡り紀伊半島の熊野軍と合流でもしたら一大事です。兵の数だけでも四、五千名になるでしょう。

怖いのは、合流した軍団が紀ノ川から吉野に入り宇陀に至ることです。さすれば、わが邪馬台城は完全に包囲されてしまうからです。一刻も早く、何らかの手を打つべきかと存じます」

ガコの報告に一同は茫然とした。魏国からの援軍も来ないまま、邪馬台国はかつてない存亡の危機に陥っていた。

その時、沈黙を破って卑弥呼が、

「はじめに滅ぶのは、狗奴の方ぞ」

と言い放った。

この発言が何を意味するのか……。重臣たちは理解に苦しんだ。

その夜、卑弥呼は、敵国の正体を見定めるため霊視をした。

「狗奴国の王、恐るべき相手じゃ。いよいよ妾の命をかけても何が憑いているか調べねばなるまい」

狗奴国の問題は卑弥呼が王位についてから三十年、邪馬台国が強大になるにつれ、敵もまた強力になり、まったく解決する気配すらなかった。妾の力不足であったか……。相手方には、強力な霊威のある何かが憑依しているに違いない。これまで卑弥呼は何度となくその正体を見極めようとしたが、歯がたたなかった。

霊視の際、神は正面に黄金の光を放っており、霊格の高い神ほど具体的な姿を見せない。また、真の神ならば光に熱《ほとり》が感じられるが、狗奴国を霊視すると動物霊特有の銀色の光が靄《もや》のようにかかるだけで、まるで姿が見えなかった。

「もし今夜も霊視に失敗したら、妾はこの邪馬台国の人々にいかなる形で責任を取ろうぞ。それこそ城を枕に自害せねばならぬ……」

責任の重さをひしひしを感じながら卑弥呼は呟いた。今夜はそれだけ命がけの行法になるはずである。

卑弥呼は、身体を清め、純白の真新しい衣に身を包んだ。そして自ら罪・汚れを除くために禊《みそぎ》の祓《はら》いの行法をして神前に向かう。

いつもなら自分一人だけで行うところだが、今回は特別な霊視のため、二人の若い巫女を伴い、一人には岩笛を吹かせ、もう一人には琴を弾かせることにした。

卑弥呼の巫女としての一生は、まだ子供の頃、まず神や祖霊を拝むことからはじまった。生まれつき拝むことが好きであったから、巫女の厳しい作法を教え込む老巫女たちの躾も辛いと思ったことは一度もなかった。

卑弥呼は、先天的に神から好かれる性《たち》であり、彼女の才能は日に日に玉の如く磨かれ、優れた霊力を発揮した。黙っていても卑弥呼の周りには次々とこの国の神々が降臨したりして彼女の霊視はことごとく当たっていた。

月日を経てめぐり逢った渡来人たちは、おりしも中国道教の大物揃いである。彼らからは、中国の道書『抱朴子《ほうぼくし》』を学び、三丹田、鎮魂秘事、帰神法、病気治しの奥義を伝授された。

幽邃《ゆうすい》なる者よりこの国に伝えられた霊性高き神の道に、少々ものものしく入った道教を同化させたのが卑弥呼の行法であった。古来、この国の神の道には、「言挙《ことあ》げせず（聞かれない以上、言葉に出して物を言わないこと）」という大原則がある。途中から入ってきた道教のように書物となり物々しく理論武装してきた異教とは性質が異なるのである。

邪馬台の古道も、道教に抗《あらが》うこともせず、それを受容してしまったのである。太古の神の神法を一筋の糸のように綿々と残しながら、ともすると渡来人の影響を受けながら巫女や神主は本来の道を守っていた。

卑弥呼と二人の若い巫女は、ともに深く一切の神々を頂礼し、狗奴国の王を霊視する準備をはじめた。

それには帰神《きじん》法に頼らねばならない。帰神法は幽斎《ゆうさい》の法ともいい、祝詞《のりと》を奏上《そうじょう》して神祇を斎《いつ》き祭るところの顕斎《けんさい》の法に対して、霊をもって霊に対するので幽斎という。

一人の若い巫女が、岩笛を用意して審神者《さにわ》として控えた。もう一人の巫女は琴師となり、神前で琴を弾きはじめた。

卑弥呼が一心に神に祈る。

「さあ笛を吹きなされ、笛の音を途中でやめてはなりませぬぞ」

卑弥呼から命じられ、巫女は、祭祀具として神より授かったという岩笛を吹きはじめると、幽《ユー》、幽《ユー》という清澄な音色が、高く低く響いた。

琴師の弾く琴の音も、今日は魂を揺るがすように聞こえる。

神鏡は、一切のものを明々として映し出す。琴を弾いてしばらくの後、卑弥呼に霊動が起こり、無我《むが》の境地に入った。

卑弥呼は謹んで一礼し、そしてまず詫びた。

「神に仕える身でありながら、恋の逃避行などいたしまして、御無礼のほどお許しくださいませ」

彼女は心よりただ一心に詫びた。詫びねば神の怒りの凄まじさにいつ身体が吹き飛んでもおかしくないからである。

そして次に祈った。

「妾はもと弟彦命の妃、日女之命《ひめのみこと》こと卑弥呼と申します。この国の一大事ゆえ、どうか狗奴国のことを教え給え、導き給え、邪馬台国を救い給え」

卑弥呼は祈ったが、なかなか神は教えてはくれない。

「もっと笛を、もっと琴を続けるのじゃ！　笛を吹けば蛇が出る、早う笛を吹けばそれにつられて動物霊も出てくるはずじゃ！」

どのくらい刻が経っただろうか、三人とも疲れてきた。卑弥呼の念ずる声が、ときに声にならずただ息が漏れるだけになってしまう。

やがて、まず笛の音が止み、続いて琴の音も止んだ。このままでは三人のうち誰かが斃《へい》死《し》してもおかしくない。このまま神示がなくば、自分も邪馬台国も斃《たお》れてしまう……。薄れゆく意識の中で卑弥呼は思った。

「妾は斃れるわけにはいかぬ！　助け給え神よ、助け給え、助け給え！」

卑弥呼は、断末魔の悲鳴にも似た声で絶叫した。

やがて、全身が熱くなり、汗が滝のように落下しはじめると、鏡の中に真っ赤な目をギラギラ光らせた白い山犬（オオカミ）の姿が映し出された。

「犬神であったか……。狗奴国の王に憑いていたのは……」

ついに卑弥呼は、敵王の姿をはっきりと霊視することができた。

卑弥呼は、神々に深く頭を下げ、狗奴国の王が犬神の化身であることを教えてくれたことの礼を述べた。

しかし、卑弥呼の内心は複雑であった。霊力のある狗奴王が、逆に妾を霊視したとしたら妾は何と映るであろう。白き蛇であろうか。何としたことか、この戦《いくさ》は、犬神対白蛇ではないか……。卑弥呼は、犬神の凄まじい気迫を見るにつけ、戦意が失せていく。

霊視の結果を海彦らに告げると、側近たちも驚きの表情を見せた。

「犬神か……。恐ろしい相手じゃ……」

「いかにも」

海彦は、国の命運が気になって仕方がない。

「犬神は確かに強い。しかし、それよりももっと強敵にあの国は従うであろう」

卑弥呼はそう予言した。

山犬は、「山塩」を好む。狗奴国には天然の塩泉が湧いている。あちこちに塩水が湧けば山犬はますます繁殖し、数を増すばかりである。山犬が人を襲い人の血を好むのは、野獣の本能として人間の生血に含まれた塩気を欲するからである。

山犬は、馬も好物である。馬は、山犬を見ると、その図体には似合わず恐怖のため全く抵抗もできず立ったまま尻から食われてしまう気の弱い動物である。東アジア諸国では、山犬に襲われた馬は、立ったまま骨にされた。

ここ邪馬台城の周りにも、爛々と赤光りする眼《まなこ》で城の中の馬を狙い、月の照り渡った夜に音も立てずに低く背をかがめている姿を何匹も見かける。そのために邪馬台城の門番は、松明の火を絶やさなかった。そして松明の数は、その後二倍に増やすことにした。

狗奴国――狗《いぬ》の国――山犬（オオカミ）の国……。邪馬台の兵たちは、山犬の大群に城を囲まれたら何としようという不安に怯えた。

そのころ、狗奴国王の卑弥弓呼《ひみくこ》もまた、同じようなことを考えていた。

「いまいましい卑弥呼め、あやつの強運は何によってもたらされておるのだ！　奴が即位してからもうかれこれ三十年、わが軍団をもってしても、いまだに手こずっておるとは吾ながら情けないものよ」

夏、蒸し暑い晩である。

狗奴国王・卑弥弓呼は、従者もつけず秘密の祭壇に向かった。

祭壇には、妙な禍々《まがまが》しい石や彼らが祖神と仰ぐ六尺程もある山犬の木像が祀られており、深夜、静けさだけが不気味に闇を浸《ひた》しはじめた。

霊視をしようと念をこめて一心に祈る。

卑弥弓呼は、霊視に最もふさわしい時刻を寅の刻と決めていた。つまり午前三時からが神の動きはじめる時間なのである。

彼は、千里眼の行もしており、真夜中といえども目を閉じ念ずれば神や霊の姿を意のままに見ることができる能力を備えていた。彼もまた彼なりに、捨て身の修行をしてきた王だったのである。

「ようし、今度こそあの女王を片づけてやるぞ!」

彼は気合いを入れて祭壇の前に平伏した。

やがて、祭壇に薄紫の靄《もや》が立ち込め、一柱の神が現れた。神は、自らニギギノ命と名乗った。

その神の頭上、薄紫色の光芒の中にはっきりと、白く巨大な神龍が姿を現わした。さらにその下には眷属の無数の白蛇に囲まれた女王卑弥呼の姿が具現した。

「龍神と蛇神であったか……」

卑弥弓呼は髑髏《どくろ》の形をした岩笛を吹き、印を結び、霊縛を試みたが、卑弥呼の背後には、これまた巨大な白蛇が三重にとぐろを巻き、全身のウロコは月光のよう見事に光り、黄色の焔を放つ目でこちらをにらめつけ、まったく歯が立たない。山のようなとぐろを解いて、高く鎌首を上げでもしたらこちらの喉元へ猛然と噛みついてきそうな気配を感じた。

「しくじった！」

狗奴王は思わず呟いた。

彼の頑強な体に身に付けた藤皮《とうがわ》に汗がにじむ。

「吾は王だ、誰よりも強い王だ！　祖霊よ、神々よ、助け給《たま》え、導き給え！」

彼は全身汗まみれになって祈り続けた。

やがて、うっすらと白い煙のような靄《もや》が周囲にたちこめてきた。

一柱、二柱と神々が現われ、

「邪馬台は追うな」

と低く重々しい一言のお告げがあった。

そして、少し間をおき、

「ひと掴みの稲穂を持って筑紫の国に上陸した一族がこの国を統べようぞ……」

神々は、冷ややかに狗奴王に言い放つと、忽然と姿を消した。

狗奴王は、汗まみれになった太い首から無造作に赤や青色の頸珠《くびたま》を取り除くと祭壇に思い切り叩きつけた。そして、割れ鐘のような大声でうおーっ、と一声雄叫《おたけ》びを上げると、腰に佩《は》いていた太い高麗剣《こまつるぎ》を抜き高く振り上げた。


室にはうっすらと朝日が差し込んできていた。

なぜオレは卑弥呼とこんなに敵対しなければならないのか——ふと卑弥弓呼はその理由《わけ》を考えていた。

原因は幾つもある。

オレたちは、もともと辰韓の斯盧国の王族で、祭祀にたずさわる家系でもあった。先に九州に渡った同族たちから、九州の南西部にある大霊場トンカラ・リンの祭祀を依頼されたのは、わが父の代の話であった。トンカラ・リンは、祭祀場としては申し分のない、実に素晴らしい所だった。

父は、トンカラ・リンは「天君」とか「天帝」とかいう意味だと教えてくれた。蜿蜿《えんえん》と有明海まで流れ下る菊地川、トンカラ・リンはその川沿いの雑木林を抜けた所にある天然の大洞穴であった。

わが一族は、この聖地を中心に力をつけ狗奴国と名乗り、製鉄の力を借りて強大な力を持つようになる。そのうち一族の者で倭国の東の方へ進出しようという者があり、兄の天《あめ》日槍命《のひやりのみこと》を中心に船団が用意され、瀬戸内海を抜け播磨から上陸し、出石地方に落ち着いた。その時オレはまだ子供だったが、出石で力をつけて都を近江八幡に定めてから兄が亡くなり、オレが狗奴王となった。

そもそも出石に根を張ったときから、隣の丹波国との摩擦は絶えなかったが、卑弥呼が丹波国王の分国・大和の女王になってから、奴らはますます強大になり、あろうことか卑弥呼は九州のトンカラ・リンまで強奪しようとした。

当時、すでに卑弥呼の直轄地だった伊都国から何度も使者がやって来た。

「トンカラ・リンの祭祀は邪馬台国にお任せ下さらぬか」と。

「オイオイ、冗談はやめてくれ。あの霊場は決して他の者に譲るなと父に言われたから」と、使者を何度も帰した。

しかし、卑弥呼はすんなりとあきらめなかった。それは、祭祀場としては最高の条件を兼ね備えていたからだ。

オレは、心配になってトンカラ・リン霊場に軍の一部を駐留させなければならない羽目になった。いま思えば、オレを牽制する陽動作戦だったのかもしれぬ。妙に頭の切れる、いまいましい女だ。

その頃、弁韓の人々も魏軍の侵攻から逃げるように菊地川流域に移住してきた。そのため菊地川一帯は「肥《こま》の国」とも言ったが、彼らはトンカラリンで壇君を祀るわれらの支配下に入った。

当時の朝鮮半島は、南下してきた高句麗の戦争難民でごったがえしていた。弁韓では食糧難が続き、北からは魏国の軍が侵攻してきたのだからたまらない。先を争うように船は倭国を目指し、菊地川流域のみならず日本海側の若狭から近江八幡あたりに次々と移住した。彼らを受け入れることで、わが狗奴国の勢力も拡大した。

しかし、邪馬台は邪馬台で伊都国を直轄地にし、北九州にも大きな勢力を拡大してきた。一大率という名の官吏を常駐させ、彼を中心に伊都国連合体制を作りあげ、大和のみならず、九州にも勢力を扶植し続けているではないか。

本当にいまいましい女だ。あいつさえいなければ、今頃は狗奴国がこの国を統べることになっておったのに……。

その日の朝儀の席で、狗奴王は虚ろな目で重臣たちに訴えるように命じた。

「誰ぞ、邪馬台を滅ぼしてこい！」

そう言い終えると、卑弥呼は極度の疲労から昏倒《こんとう》しそうになった。

重臣たちが慌てて駆け寄ったが、彼はうるさそうにその手をはねのけ、死者の国の旅人のように、ふらふらと寝所へ戻って行った。

さらば邪馬台の子

正始九年（二四八年）――。

この夏、あたかも大禍の前兆のごとく日照りが続いた。梅雨時でも一滴の雨も降らず、民は暑さと飢饉に襲われ苦しんでいた。

そんなある日、卑弥呼の予言通りの知らせが邪馬台城に届いた。狗奴国が九州の天神族にあっけなく降伏したとの知らせである。

当時、九州の天神族は、壱岐、対馬、済州島、巨済島から朝鮮半島南部の兵をかき集め、九州全土から四国の一部にかけて領土を広げており、彗星の如く現われた若き王が数々の奇跡を起こしながら吉備国を制したという。

たまたま伊都国に赴いていた難弁米が、至急その知らせを持って邪馬台城に戻ったのである。彼ら天神族は、邪馬台女王の直轄地である伊都国だけは素通りしていた。

天神族は、瀬戸内海を東へ東へと苛烈な攻撃で周辺の国々を支配下においた。進撃を加速して襲いかかる強さは抜群であった。天神族の兵は続々と上陸し、海辺が兵士たちの頭で真っ黒になるほど押し寄せ、本陣めがけて猛攻撃をかけてくる。わずかな時間で、近辺は兵士たちの死体の山ができるほどになり民は恐怖で逃げ惑った。

狗奴の軍は「天神族の兵など踏みつぶしてくれようぞ」と吉備国を通ろうとする天神族を伐とうとした。

狗奴と天神族との全面戦争に入ろうとする時、狗奴の重臣は王を諫めた。

「王よ、奴らの強さは今までの国とはちがう。戦闘に入らず、わが国力は損耗させず降伏なされよ」

狗奴王の戦術眼は鋭い。

「ここは、腑抜けのふりをして一人の死傷者も出さず吉備を守り、奴らをけしかけて邪馬台に攻め込ませるか……」

その一言で狗奴国は天神族に降伏したのである。

天神族は、何事もなかったように大船団を東に進めた。

狗奴の降伏を聞いた邪馬台城内では、ただちに重臣たちの会議が開かれた。彼らは狗奴ほどの国をかくも簡単に降伏させてしまった天神族に、言いしれぬ脅威をおぼえた。

その天神族からはなんの使者もなく、彼らは降伏した吉備を兵站基地にして、ますます兵力を増強していた。狗奴国王は、降伏の証《あかし》に、積年の宿敵、邪馬台国を滅ぼす先鋒を承ろうと言い出すに相異なかった。

会議の座は緊張に包まれていた。夏、八月十五日、邪馬台国は最大の危機に直面していた。重臣たちは、狗奴ほどの国の敗北に真偽を疑いながらも、いざ九州勢が押し寄せてきた場合に反撃か降伏かの決断を迫られていた。

正王・安日彦と副王・長髄彦は、邪馬台城を死守すべく武運をかけて敵兵を追い払い、かつ天神族の若き王を倒す、と譲らなかった。

九州からの軍団天神族は、鉄剣、鉄矛を武器に東上してきた。兵をおこした軍団の王は、ニギノ命の孫にあたる神倭磐余《かむやまといわれ》彦命《ひこのみこと》という英雄であった。

若き王の出自を知った時、女王卑弥呼は重大な決心をした。

神の世界へ還ろう！　卑弥呼の心の目に創造主《つくりぬし》・天之御中主神《あめのみなかぬしのかみ》の金色に煌《きらめ》く姿がうかんだ。

卑弥呼が神の世界に思いを巡らせている内に、海彦は泣きそうな顔で尋ねた。

「姉上、邪馬台国は滅びてしまうのでしょうか」

卑弥呼はこの年、すでに齢六十に近い高齢である。ゆっくりと一同を睥睨した後、おもむろに切り出した。

「この場に参集して下さった大人《だいじん》たち、長い間まことにご苦労様でございました。妾は、今年六十近き歳になり神に仕えるのも限界じゃ。戦《いくさ》となっては多くの民の血が流れる。妾は、若き九州の王神倭磐余彦命にこの邪馬台国を譲るつもりじゃ。これはかの者がニギギノ命様の孫だからと私情で申すのではない。東が栄えれば次は西、天運は常に循環するもの。われらがあれほどまでに恐れた狗奴が降伏した時点で大勢は決しました。

妾は、鬼道の力により巫女として最高の地位にまで上り詰めました。鬼道の花は、この邪馬台国で見事に咲いてくれました。花は散り際が大事、実《み》は天神族の神倭磐余彦命にまかせましょうぞ。妾は、今日この場で邪馬台国女王を退位いたします。中国にも禅譲という言葉があるそうです。もし、妾の考えに恭順の意をあらわせぬ者は、これよりはるか富士の山を越え、丑寅の方位に行き、新しき国作りに励むがよい」

しかし、正王安日彦と副王長髄彦は黙ってはいない。卑弥呼の退位に度を失った。

「女王様にあえて申し上げまする。女王様が御高齢のため御退位あればすのはいたしかたありませぬ。しかし、いとも簡単に国を譲られたのでは、われら王たる者がいかに腑抜けであったか末代まで笑われまする」

「民の命、無駄にはしたくはありませぬ。戦場となれば、われらが力をあわせ築いたこの国の田畑や灌漑施設はどうなりまする。妾の力不足であったかもしれぬ。女王になって三十年、ついに狗奴国を屈服させることはできなかったのじゃ。その狗奴があっさりと軍門に降った九州勢とどう戦える」

「吾は邪馬台の正王として最期までこの城を守りぬきたいのです。やつら天神族は、九州と吉備方面で十分ではありませんか。我等は、そうやすやすと服従はできませぬ」

安日彦は懸命に説得しようとしている。他の重臣たちも本音は同じである。

副王の長髄彦は、

「天神族を討ち、安日彦殿が倭国の王の中の王になればよいではないか。女王が御退位なされても、邪馬台の国は邪馬台の国。やはりわれらが治めませんと」

と厳しいことを言う。

重臣たちの本音を聞き、女王は言った。

「わかりました。倭国きっての一大事、そう簡単には結論も出まい。妾は、退位いたすので、これからのことは皆で熟考されよ。妾は退室します」

海彦が手を貸し、卑弥呼は部屋へと戻っていった。

卑弥呼死す

正始九年（二四八年）九月朔日《ついたち》――

女王退位の決意を表明をした卑弥呼は、翌日めずらしく部屋に難弁米を呼び、好きな機織りの音を立てていた。

「おはよう、難弁米」と笑っていいながら機を織っている。

その姿は、昔と少しも変わらない。卑弥呼は、まったく老いというものを感じさせず美しいまま歳を重ねている。難弁米は、こんな卑弥呼をずっと昔から愛し、尊重してきた。しかも、二人は幼なじみでもある。卑弥呼にとっても、頼りになるのは弟王と、難弁米ぐらいである。

「こうして機を織っていると、まだあなたのお婆さまに習いはじめたばかりの頃が思い出されます。妾はまだ十代になったばかり。あの頃は、皆紵麻《ちょま》（からむし）を織って貫頭衣を着ていた。身分の高い人だけが荒絹で織った裾長い衣を着て、額に朱の点をつけていた。

あなたは村一番のガキ大将。あの頃は、野山に辺浜にとよく遊び回ったものじゃ」

遠い昔のことを懐かしんだ。

「左様でございました。その後、貴方は巫女から女王にまでなられ、僕《やつがれ》は大陸まで渡り、東アジア北域の民族闘争も、しかとこの目で見てまいり、その中で育まれてきた覇者の原理もわかっております。この原理こそが若き天神族の王にも根づいていると存じます。

魏国の明帝も若くして急死され、今は司馬仲達が政治の実権を握っているとか。一つの国を統べることは大変なことです。邪馬台国の女王卑弥呼様は、輝ける明けの明星であり太陽であり生き神様であられます。僕《やつがれ》は卑弥呼様に万が一の時あれば、どこなりとお供いたす覚悟でございます」

と、難弁米は、姿勢を正しく真顔で卑弥呼に答えた。

卑弥呼に、悲しみが襲ってきた。機織りの手を止め、左手の桜貝の腕輪をとり出し難弁米の手の上にそっと乗せた。

「覚えている？　この美しい薄桃色の桜貝の腕輪のこと。はじめて丹後の宮廷に上る時、あなたが下さった。もし巫女にならなかったら、きっと村の若い男女のように年頃になって結ばれたかもしれない……。でも悲しい時、じっとこの桜貝を見ていました。いつか難弁米に会えるだろう……と信じて。お互い年を取りましたねえ。小登与《おとよ》もこの秋がくれば十三になります。妾に何かあった時は、小登与をよろしく頼みます。邪馬台国に結界を作るよう申してある。あの子は、年をとってできた子ゆえに甘やかしすぎた。あのように向こう見ずで困った娘です。誰がこの国の支配者になろうとも、結界だけは早く作り終えねばなりませぬ。こんなことをお願いできるのも、この邪馬台城ではあなたしかおらぬのです。海彦ではやはり頼りないし、皆、西からの軍団のことで頭が一杯なのです。どこへ逃げようか、それとも全面対決か、戦争かで浮き足だっている者ばかり……」

卑弥呼はそう言うと、さめざめと泣いた。

「女王、無念でございます。小登与様は、僕《やつがれ》が命に代えてもお守り申します。どうかご安心を……」

難弁米には、そう答えるのが精一杯だった。

翌日——

卑弥呼は、朝からあわただしく自室に海彦と難弁米を呼んだ。

「誰ぞ、魏国よりの使者に何か気づかぬか」

いつになく女王の顔色が悪く機嫌が悪い。海彦には、不機嫌の原因が、早暁にわかった透視の結果だとすぐわかった。

「姉上、気になる予知夢でもご覧になったのですか」

卑弥呼が魏国から使者のことをやたらと気にしていたことを海彦は知っている。

この頃、魏国はまさに大国であった。東は、遼東半島から朝鮮半島北部にかけて活躍していた英雄公孫淵を滅亡させたため（二三八年）、魏の支配は朝鮮半島の楽浪郡、帯方郡に至り、西は西域の国々ソロク王国やクシャナ王朝まで従わせていた。

卑弥呼が使者を送った時の皇帝（明帝）はすでに亡く、曹芳《そうほう》が帝位を継いでいた。

「昨夜、妾は妙な胸騒ぎを覚えました。張政は魏国より邪馬台も狗奴も支配下に治めるよう密命を受けておる。そして妾も狗奴の王も、従わねば暗殺も止むを得んとしておるはずじゃ。つまりこの戦の勝ち負けなど魏国はどうでもよかったのじゃ。狗奴国だ、邪馬台国だ、天神族などという倭人同士の争いなど眼中にないのじゃ……」

卑弥呼は淋しそうに呟いた。

魏国が朝鮮半島からこの倭国まで征服することは明帝亡き後、十分考えられることであった。邪馬台国を守るために結界を作ろうとした矢先に、卑弥呼は自分に暗殺の手が伸びようとしているのを透視し予言した。

卑弥呼の予言は確実だろう。難弁米の中に、国の存亡の危機への不安がつのる。

いったい、張政は魏国の誰の命で来たのであろう。難弁米には自分を暖かく迎えてくれた明帝の笑顔と、「倭国からよくぞここまでよう来てくれた」という弾んだ声が昨日のことのように浮かんでは消えた。

あの頃も、明帝の周辺には政権を盛り立てるべく賢臣たちが数多く仕え、互いに功を競っていた。

難弁米は、一人の高官の顔を思い出していた。奴ならば従者の一人を密かに呼んで「倭国など黄幢という黄色い旗と詔書だけ与えておけばよい。船はいつ難破するかわからぬ。高位高官の者でなく武官程度の者で充分だ」と言い放っているに違いない。

その男の名は、軍閥公孫淵を滅亡させた魏の曹操の側近、司馬《しば》懿《い》仲達《ちゅうたつ》である。彼はいつも明帝の側にいた。何しろ曹操、曹丕《そうひ》（文帝）、明帝と親子三代に仕える魏国の重臣である。

そういえば、明帝が与えた親魏倭王の称号授与式の時も明帝の傍《かたわら》にじっと立っていた。司馬懿仲達は、各国の使者たちの様子を黙って熟視し、その目が冷たい刃《やいば》のような光を放っていたことを難弁米はよく覚えていた。彼は、中国の三国時代、蜀の孔明、魏の仲達、呉の陸遜と並び称された名将軍でもある。

難弁米の胸に、遺憾やるかたない思いが浮かんでくる。わけのわからない不安が膨らんできた。魏に滞在中、各国の使者たち話題も、現皇帝明帝のことより三国時代の話に夢中になり、蜀の諸葛孔明が北伐の決意を表明した「出師表《すいしのひょう》」や、「死せる孔明、生ける仲達を走らす」五丈原の戦の話題で持ち切りとなっていた。

そして、孔明の死後、魏国における司馬懿仲達の権勢は隆々となり国運の栄に乗じた。

「暗殺の密命は仲達に間違いない……。魏にとってみれば倭国など、赤児の手を握りつぶす如きだ」

しかし、卑弥呼はといえば、暗殺を予知しながらも平然として座っている。

「邪馬台は、神の作りし国よ、もし魏国が妾を暗殺せしめ、この国を滅ぼしたならばたちどころに神罰が下されようぞ……。つまり魏国も連動して滅びるということじゃ。神の道にまっすぐ生きた者は、死もまた楽しじゃ。海彦も難弁米も、じたばたせずに神に身を任せなさい。神に身を任せれば、いかなる大きな危機が参っても、その直前に生き残る術を授かるはずじゃ。人間の大安心とは神を信じることじゃ」

そう卑弥呼は教え諭した。海彦と難弁米は、少しほっとした。

そんな二人に目を細めて笑うと卑弥呼は、

「今年は雨が降らぬ。女王はやめても巫女としての使命が妾にはある。また雨乞いの祈祷に入らねばならぬ」

と言いながら一人、楼閣の階《きざはし》を上がっていった。

四日後の早朝――。

卑弥呼は雨乞いのため、朔日《ついたち》より水一滴すら口にせず一人楼閣の中で祈りつづけている。

難弁米は海彦からそのことを聞いた時、何やら胸さわぎがした。まさか女王は御自害を！

海彦が止めるのも聞かず、難弁米は一人楼閣を駆け上がった。

「女王、しっかりなされ！」

すでに卑弥呼は虫の息で、ぐったりと神鏡の前に倒れていた。

「卑弥呼様、卑弥呼様！」

難弁米が必死に呼びかけると、卑弥呼は、少し目をあけた。しかし、その目は弱々しく力がない。


遠くから、兵士たちの歌声が聞こえてくる。

吾が祖来住みけるうまし里
犯す者をぞ　みな起たちて
狩に用いし　弓矢とり

山に用いし　斧をとり
海に用いし　もりをとり
撃ちてし止まむぞ　日向族
たとい吾は破るとも
末代遺る孫子への血に
必ずこれを撃ちてし止まむ
吾が国の山川草木ある限り
敵手にありてあるかぎり

「難弁米……」

卑弥呼は残る力をしぼって言った。

「妾は、巫女王として年長大になりすぎた……。これ以上老醜をさらすことなく、神様に願い出て二人の夫の待つ国へ旅立ちます……」

それは、端然として死を覚悟した者の言葉であった。

「ありがとう難弁米……。邪馬台に弥栄《いやさか》を……」

卑弥呼はそう呟くと静かに息をひき取った。

そばには魏の明帝より拝領した黄金の太刀が一振《ふり》置かれ、正面神殿の御神鏡が異様に白く妖しい光を放っていた。

正始九年（二四八年）九月五日卯の刻（午前六時すぎ）、卑弥呼死す。

その日、邪馬台国は、昼なお暗い不気味な一日となり、民人は皆恐れおののいた。皆既日食になったのである。

こうして卑弥呼は、巫女王として多くの民人に讃仰されながら永眠したという。

一つの古代という時代が終わった。

211　卑弥呼のいた三国

あとがき

この物語は、卑弥呼と邪馬台国をめぐる常識を否定することからスタートした。

またか、と思われるほど、邪馬台国の所在地は、江戸時代の新井白石、本居宣長から明治時代の白鳥庫吉、内藤湖南へと続き、学者や歴史家の九州説、大和説の論争は今だ終焉を見ない。

中国では魏国を継承した西晋の陳寿（二三三～二七九年）が記した『東夷伝』の「倭人条」として二千字程で邪馬台国のことが記されている。これが有名な『魏志倭人伝』である。卑弥呼は、この魏国が中国の三国時代に最も強力であった時代に倭国において謎の生涯を送った。

ある日、丹波籠《この》神社海部氏の系図（国宝）が記された書物に日女命《ひめのみこと》の名があり、この女性が卑弥呼のことではないかとの説（澤田氏）を読んだ時、私の薄明の想像力が古代へと飛躍した。卑弥呼は丹波籠神社付近の出生に違いない。

しかしこの古代の女王の実像は全く解明されていない。結局、ファンタジー調のフィクション小説となった。

神の世界と人の世界の間に立っていた女性だからカリスマ性は抜群だったに違いない。

この当代一流の卓越した女王の実像に近づいてみたいと思ってペンを執ってから結局完成までに六年の月日が流れてしまった。


結論としてズバリ言おう。

邪馬台国は三つあったのだ。
一、生誕の地日本海沿岸の丹波籠神社付近
二、弟彦命との婚姻に大和へ引越し邪馬台城を築く
三、直轄地・九州伊都地方が大和へ組み入れられたもの
これら三つの国がそれぞれ邪馬台国と名乗ったため、後に所在不明の原因になったのである。人も歴史も動くのである。

この本を手に取って下さった方が、どこか懐かしい、輝ける古代からの風を感じとって頂ければ、これに勝る喜びはございません。

この本をまとめるにあたり、長い年月にわたり今日の話題社・武田社長御夫妻、久米晶文氏、高橋秀和氏等の御厚意をいただいた。

また資料、系図、文献等、多くの方々のお力添えで刊行に至ったことを心から書面にてお礼を申しあげるものです。

夏目日美子

平成十五年十二月

[著者紹介]

夏目日美子（なつめ・ひみこ）

1948年生まれ。1970年、専修大学商学部卒業。幼少の頃より霊妙な環境に身を置く。源頼光の四天王・卜部《うらべ》季武《すえたけ》の血を引く。現在、新宿にある株式会社プロジェの役員を務めながら神道思想を研究し、執筆活動を続けている。

ホームページ：

http://www.sakura-catv.ne.jp/~shinonkyou/

卑弥呼《ひみこ》のいた三国《さんごく》

2004年2月4日　初版発行

著　　者　夏目日美子

装　　幀　谷元　将泰

発 行 者　高橋　秀和

発 行 所　今日《こんにち》の話題社《わだいしゃ》

東京都品川区上大崎 2-13-35 ニューフジビル 2F

TEL 03-3442-9205　FAX 03-3444-9439

印　　刷　互恵印刷＋トミナガ

製　　本　難波製本

用　　紙　富士川洋紙店

ISBN4-87565-532-0 C0093